序章

耀眼的夏日如閃光般一閃即逝。

心中留下的是滿溢而出的回憶。

與她度過的第一個夏天教會了我各式各樣的情感。

信任。

接受過去。

懂得愛人……

有過經驗的她給予沒有經驗的我那許許多多的「第一次」，都是無可取代的寶物，讓我開心不已。

我希望自己這一生都能好好珍惜這個女孩。

我想和她永遠在一起。

然而當我的期望越是強烈，心中某種類似焦急的願望就隨之而生。

我好想快點成為配得上妳的男人。

好想讓大家認同我是一個與妳匹配的男人。

就像是被那股焦躁的情緒驅使，我開始花更多時間一個人在書桌前。

第一章

九月的某天，週日早上。台場自由女神像前面。

「人家是谷北朱璃（註：前兩集的譯名「小明」，應為谷北朱璃的暱稱「小朱」）。」

一位嬌小的女孩子低下頭。

「話說除了仁志名同學，其他人都是同班，應該認識人家吧？而且仁志名同學去年也是同班。」

「阿仁……！」

「你、你怎麼了，阿仁！」

看到身旁的阿仁搖搖晃晃快要暈倒的樣子，我連忙扶著他一隻手。阿伊則是撐住另一隻手，讓阿仁勉強穩住身體。

「……被、被女孩子喊出名字……而且還是兩次……」

只見阿仁仰頭喘氣，喃喃說著。

「我懂，我懂啊，阿仁！」

阿伊以一副難掩興奮的表情表示同情（？）。

我也深刻地明白阿仁的感受。

「今天似乎會是不得了的一天呢……」

我扶著一開始就陷入瀕死狀態的阿仁，仔細看著眼前的成員。

剛才自我介紹過的是同班的谷北同學。她是月愛的朋友，被稱為「小朱」。在班上的女孩子當中個頭特別嬌小，而且活力十足，在那群嗨咖集團也是尤其引人注目的人物。

真不愧是月愛的朋友，她有著大大的眼睛與可愛的長相。髮型是微捲的鮑伯頭，頭髮也染成符合嗨咖氣質的亮色。那身寬鬆上衣、短褲與頭上繫著大蝴蝶結的打扮充滿了個性派辣妹的風格。她穿制服時原本就隱約散發出很懂穿搭的氣場，是最容易讓我這種人失去自信的女孩類型。

「時間差不多了，快走吧？」

站在谷北同學旁邊的山名同學雙手抱胸如此說道。

她的打扮則是平均地露出雙肩的上衣、緊身迷你裙搭長靴這種強悍型辣妹風格，是符合其形象的便服。

「是啊！走吧走吧～～！」

以及在她身旁——也是我身旁的——月愛。今天她沒有露出肩膀，而是穿了露出小蠻腰的上衣，搭配斑馬紋迷你裙。

當我鬆懈時，目光就會飄到她的腰上，讓我連忙移開視線。

啊啊，好可愛……好想摸……不對，我在這種地方胡思亂想什麼啊！

雖然現在是九月上旬，氣溫超過三十度，女生們卻都是帶點秋日風情的打扮。那大概就是所謂的時尚吧。

相對地，男生們……不管是阿伊或阿仁，全都穿著T恤加牛仔褲這種固定的夏季便服。當然，我也是。

像現在這樣所有人面對面圍成一圈時，這種穿著就突兀得不得了。

「好了，龍斗！趕快走吧～～？」

月愛勾起我的手邁出步伐，於是我們就順勢開始移動。

「好、好啊……等、等一下，月……不對，白河同學。」

「咦～～你怎麼還叫人家的姓呀？」

「不是啦，那個……」

若是像我這樣的男生在這麼多人的地方，擺出一副自認為是這位任何人都會忍不住回頭再看一眼的美少女的男友態度，那未免太厚臉皮了。

況且，我也不希望因為在大家面前做出卿卿我我的舉動而招來阿伊和阿仁的怨恨……當我這麼想著回頭一看，才發現那兩個男生根本沒空注意我。他們帶著僵硬的表情跟在我的後方，縮著身體緊靠彼此，對四周投射充滿警戒的眼神。

週日的台場到處都是出遊的家庭與情侶之類的年輕族群。雖然我也是年輕人，在晴朗得有如仲夏時分的天空下，那些對蔚藍海洋展露開懷笑容的人群實在太過刺眼，讓我也和阿伊、阿仁一樣有點畏縮。

「嗯～真是超適合玩生存遊戲的日子呢！」

月愛此時對著太陽伸直了雙手，露出微笑。可以從那短短的袖子窺見的白皙腋下，以及裸露的細緻腰部肌膚實在是既性感又耀眼。

「就、就是說啊……雖然是室內場地啦。」

我們今天就是為了玩生存遊戲才聚集於此。

暑假期間，在我逗留於月愛的外曾祖母家時參加的那個夏日祭典。面對流著淚的月愛，我為了和她「共同經歷第一次」而臨時想到的活動就是生存遊戲。至於為什麼選擇生存遊戲，那是因為我突然想起曾經和阿伊、阿仁聊過想玩這個遊戲。

於是，時間就來到了今天。

說起生存遊戲，一般都認為那是裝備空氣槍的玩家分成兩隊，雙方互相開槍射擊的一種遊戲。不過，我們今天預約的是設置於購物商場裡的生存遊戲專用室內場地。那是一處六人以上的團體可包場，租借用具種類豐富，對人數不多的新手很親切的設施。由於就算使用空氣槍，這仍是一種對人體開槍射擊的遊戲，未成年人可使用的裝備和場地都很有限。再加上我們也害怕與裝備齊全、經驗豐富的大人交戰，所以符合我們需求的場地也只有這裡了。

「如果在秋葉原就好了……秋葉原那裡才可以接納我……」

「這也沒辦法啦～～秋葉原的場地都是給專業玩家用的。」

「現充好可怕喔～～……」

「如果只看今天，我們也是現充耶……畢竟身旁有女孩子嘛。」

「這反而更讓人害怕了～～！」

阿伊和阿仁渾身發抖說著。明明在邀請他們時，兩人都興奮不已地表示：「可以和女孩子玩生存遊戲嗎～～！」集合之後卻一句話也不敢跟女孩子說。

「怎麼啦～～？你們今天都沒什麼精神耶。」

接著，山名同學就對畏畏縮縮的兩人搭話了。

「惡、惡鬼辣妹……！」

阿伊和阿仁隨即全身僵硬，說不出話。

「……妳竟然在居酒屋『酒神』那時候搞鬼……」

「什麼可●必思蘇打水嘛……」

只見兩個人湊在一起竊竊私語。之前他們明明還說要拿日輪刀砍山名同學，結果在本人面前卻成了縮頭烏龜。

而山名同學則是佩服地對他們說：

「你們意外地很堅強呢。」

這讓阿伊和阿仁露出大惑不解的表情。

「我還以為你們會更不省人事。不過那時候你們有辦法自行回家，很厲害嘛。」

山名同學這麼說著，對兩人眨了眨眼。

「今天也要靠你們嘍♡」

「……」

兩人轉眼間就面紅耳赤，呼吸也變得急促。

「好、好啊！」

如此喊道的阿伊一馬當先衝到隊伍前方，阿仁也緊跟在後。

「果然還是惡鬼辣妹最棒啦！」

「我要保護惡鬼辣妹不被凶惡的子彈打中——！」

兩人精神抖擻地喊著，大步往前走去。他們似乎一時間變得不在乎周遭嗨咖的目光了。

「怎麼這麼好騙啊……」

這也是可悲邊緣人的天性嘛。

我們抵達店家後，由於是第一次玩，先上了一堂由店員說明生存遊戲基本規則與禮儀，還有空氣槍操作方式等相關資訊的講座。接著在分男女兩邊的更衣室換上包含在租借裝備套組中的迷彩服，進行遊戲前的準備工作。

「鏘～～！」

聽到這個聲音時，先換好衣服在安全區擺弄空氣槍本體與彈匣的我們這群男生就停下手邊動作，抬起頭來。

只見三名女生從女更衣室走了出來。

「怎麼樣～～！合適嗎？」

身穿迷彩服的月愛擺出舉起空氣槍（未裝彈匣）的姿勢。

「喔～～……！」

不禁看傻眼的我突然回過神來。

「……白、白河同學，釦子、妳的釦子！」

「咦？」

月愛看向自己的胸口。

她的迷彩襯衫胸口處大大地敞開，露出了乳溝。朝她身邊兩側看去，山名同學也一樣。

至於谷北同學，她用了很高明的穿搭技巧，將衣領拉到很後面變成鬆垮垮的樣子。

「我的意思是露出皮膚會很危險！」

就算用的是ＢＢ彈，直接被電動空氣槍射出的子彈打中應該還是會痛吧。

山名同學卻對如此擔心的我皺起了眉頭。

「咦～～？辣妹要是不露就會死耶。」

「遊戲開始前就會扣上去啦～～！」

「對呀對呀，等拍完照就會穿好啊。」

谷北同學平淡地說著，拿出自己的手機。

月愛也發出撒嬌的聲音。

「「「耶～～！」」」

「……這就是辣妹啊……」

看著瞬間變成自拍場地的安全區，阿伊一臉茫然地喃喃說著。

「好香喔……」

阿仁則是一邊將ＢＢ彈裝進彈匣，一邊撐大鼻孔猛吸氣。

「啊，等一下，人家從下面拍喔。」

勢。

谷北同學拿著手機躺在地上，而月愛與山名同學將空氣槍當成裝飾品，擺出模特兒的姿

「露娜的手再往左移一點～～」

「這樣？」

「啊，不對！是從人家看的方向的左邊！」

「啊，是右邊嗎？」

「ＯＫ！很有感情喔。」

「朱妹，Thank you very marching～～」

「「「呀啊～～！」」」

我已經聽不懂她們在說什麼了，不過看得出笑得花枝亂顫的女生們十分開心。

「…………」

之前我和月愛見面幾乎都是兩人獨處。看到與女性朋友相處的她，感覺格外新鮮。她那與旁人開懷打鬧的模樣，讓我有些羨慕山名同學與谷北同學。我絕對跟不上那種氣氛呢……

在腦中想著這些事的時候，我無意間與月愛對上了視線。

「欸～～欸～～龍斗你們也一起來拍嘛。」

「咦？」

「啊，人家拿三腳架過來～～」

谷北同學蹦蹦跳跳地朝置物區的方向跑過去。

「啊～～謝啦，小朱。」

就在山名同學道謝的時候，谷北同學已經拿來一支約十公分長的小型三腳架。當我回過神來，大家已經確定要拍團體照了。

「龍斗，過來過來！」

月愛挽著我的手，走到鏡頭前面。

「咦、咦咦……！」

被她碰觸的手臂在發燙。從她身上散發出的那股不知是花香還是果香的香氣，無論聞幾次都令我暈眩迷醉。

「哇啊，好恩愛喲～～！」

正在調整手機的谷北同學做出誇張的反應，讓我很不好意思。

這時我突然感到一股殺氣。轉頭望去，只見阿伊與阿仁擺出漫畫般的小混混表情，惡狠狠地瞪著我。

「阿加你這個混帳……！」

「淹死現充啦～～～～！」

「噫！」

我沒有惡意，拜託原諒我！

不過山名同學靠向正發出恨意的兩人——

「喂，你們對跟我搭檔有什麼不滿嗎？」

接著鑽到兩人中間。她就像男性朋友之間那樣一隻手勾住身高相同的阿仁的肩膀，同時擺出時尚模特兒般的姿勢將另一隻手搭在比較高的阿伊的肩膀上。

「「……！」」

面對女孩子突如其來的肌膚接觸，阿伊和阿仁完全僵住了。

「好了～～角度ＯＫ～～！」

確認過固定在三腳架上的手機之後，谷北同學蹦蹦跳跳地跑過來擺出姿勢。

「要拍嘍～～！」

她用的似乎是遙控式拍攝。就在她吆喝一聲後，手機自動發出了喀嚓的聲音。

我不知道自己究竟擺出了什麼樣的表情，不過總之是拍完照了。

「……惡鬼辣妹的體溫……」

「惡鬼辣妹的香味……椰子的味道……」

當阿伊與阿仁在一旁陶然忘我時，月愛拉了我的袖子。

「欸欸，這打扮怎麼樣？適合人家嗎？」

「咦……？」

我這才想起剛剛沒有好好說出感想。

由於裝扮與平時完全不同，對她本人而言或許感覺有哪裡怪怪的。月愛露出些許不安的神情，抬起視線注視著我。

「這個嘛……」

於是我仔細打量穿著迷彩服的她，中途還不小心將目光停留在敞開的胸口處，害我連忙將視線移到她的臉上。

「很、很適合妳喔……很、很可愛。」

聽到我結結巴巴地回答，月愛放下心似的綻放微笑。

「真的嗎？太好了！」

接著，她兩手握住原本單手拿著的手槍，將槍口朝向我。

「今天人家要用活躍的表現對你的心射出致命一擊喔！」

月愛嘴裡發出「砰」的一聲，嬌羞地對我嘿嘿笑。

她的模樣實在太可愛，讓我從臉紅到耳朵。

「……不、不可以把槍口對著別人啦，剛才不是有教嗎？」

「啊，對喔！」

聽到我這句用來掩飾害羞的抱怨，月愛連忙摀著嘴，換上認真的表情。

「抱歉，龍斗！」

「剛才那沒關係啦……」

害羞不已的我一回想起她剛才的模樣，心臟就撲通撲通跳個不停。

——今天人家要用活躍的表現對你的心射出致命一擊喔！

……我的心早就被射中啦。

「……你怎麼了，龍斗？看你一臉笑嘻嘻的樣子。」

盯著我瞧的月愛露出疑惑的表情。

「啊！難道說……你看到了？」

她遮住胸前露出的乳溝。

「不、不是啦！」

為了不讓她誤解我是色鬼而一直轉開視線的努力，如今都化為泡影。

「你要是老實承認，人家可以讓你多看一點喔。」

「就說不是了嘛！」

月愛帶著促狹的表情，展示乳溝逗弄起我。我好不容易才打發掉她，回到生存遊戲的準備作業。

於是完成前置手續的我們從安全區移動到戰鬥區，準備開始進行遊戲。

「唔啊！」

「好猛！」

阿伊和阿仁發出感動的讚嘆。

「這是不是很像Ａｐａｘ？」

「不對，是ＰＯＰＧ吧！」

他們舉出著名戰鬥射擊遊戲的名稱，用兩人今天最大的聲量一搭一唱起來。

我們租的場地沒有戶外場地那樣寬廣，以大小來說可能剛好是一間會議室那麼大。不過裡頭到處設置了障礙物，像迷宮一樣視野不佳。以這樣的人數而言感覺剛剛好。

遊戲場地裡裝飾著假藤蔓與印有「ＫＥＥＰ　ＯＵＴ」字樣的封條膠帶，營造出大逃殺電子遊戲的氣氛，讓我也暗自興奮起來。當初之所以和阿伊與阿仁聊到生存遊戲的話題，也是因為我憧憬遊戲的世界觀，想在現實生活中體驗看看。

由於我們沒有找必須額外收費的帶領人員（Game master），分完隊後就直接來到起始地點。

紅隊的成員是我、月愛與谷北同學；黃隊則是山名同學與阿伊、阿仁。這是在拍照那時就順便決定的。為了避免不小心打到自己人，我們在迷彩服的手臂處纏了各自隊伍代表色的膠帶。

「遊戲開始！」

大家喊完口號後，遊戲正式展開了。

剛開始，大家都還在觀察狀況。雖然是沒有時間限制的殲滅戰，因為人數很少，應該一下子就會分出勝負。

「……人家去偵察一下。」

我們紅隊原本是聚在一起觀察狀況，不過谷北同學突然展開行動。她運用嬌小的身軀，躲在路障後面向前推進。

「小心點喔，小朱。」

我和月愛也跟在她後面往前移動。

就在這時……

「現充去死吧——！」

在一陣大吼聲中，ＢＢ彈擦過我的耳邊。

「哇啊！」

仔細一看，阿仁正從斜前方的路障後面探出上半身，槍口對準了我。

「退後……！」

我讓月愛躲到身後，自己則以路障藏起半個身體，舉起了步槍。

「可惡──！看我怎麼把你們兩個一起送進地獄！」

似乎可以從突襲失敗仍堅持鎖定我們的阿仁身上感受到一股恨意般的執著。幸好他射過來的ＢＢ彈打偏了，我也連續扣下數次扳機回擊。

「哇啊，我中彈了！」

或許是碰巧有瞄準，其中一發子彈命中了阿仁。他不甘心地舉起雙手。被打中的人必須立刻離開場地。

「總之先解決一個人了……」

就在我打贏這場槍戰，鬆了一口氣的時候。

「阿仁！我幫你報仇！」

附近傳來這道聲音，然後又是ＢＢ彈擦身而過的聲音。

「哇！」

好險啊。

我暫時先躲回路障後面，從縫隙間窺探，看到了阿伊正舉著步槍對準我的方向。

「龍斗，你沒事吧？」

身後的月愛擔心地問了我。

「沒事，月愛妳繼續蹲著就好。」

我這麼說著，再次舉起步槍從路障後面探出半個身體。

「阿加，看招～～！」

阿伊不顧一切地對我猛開槍。

「唔啊！」

我怕在瞄準對方前先被擊中，被迫把頭縮回路障後面。

「現充消滅吧～～～～！」

好驚人。好驚人的氣魄。

老實說，在氣勢上是我輸了。

就在我這麼想著，內心感到慌亂的時候。

「嘿！」

從第三方的方向傳出發射ＢＢ彈的聲音。

是谷北同學。位於我們前方的谷北同學近距離朝阿伊開火了。

「嗚喔！」

阿伊停止了對我的射擊。

發現谷北同學身影的阿伊隨即暫時撤回路障後方重整態勢。

「沒有打中～～！哭哭！」

另一方面，在理應一擊必中的近距離奇襲失敗的谷北同學則是慌慌張張地躲回路障後面。由於她待在一個只有膝蓋高度的箱子後方，如果此時受到攻擊就有危險了。

但是，阿伊的步槍槍口已經移向面對路障縮起全身的谷北同學後背。

「啊，谷……」

「危險，小朱！」

就在這時，待在我身後的月愛一個箭步衝出路障。

「……白河同學？」

「……！」

大吃一驚的人不只是我，阿伊也因為突然露出全身的目標而大受動搖，槍口晃來晃去不知道該對著誰。

就是現在……！

我從路障後面探出半個身體，瞄準阿伊。

在阿伊對月愛開槍之前，我的子彈先一步擊中阿伊的肩膀。

「……好痛！……可惡啊～～我中彈啦～～……！」

毫無防備的阿伊就這麼乾脆地下場了。

「趕快躲起來！」

我立刻對月愛與谷北同學這麼大喊。雖然已經解決掉阿伊與阿仁，黃隊還有一位山名同學在。

就在我這麼想的瞬間，視野中出現了一個人影。

「……！」

那剛好是月愛將距離最近的路障讓給谷北同學，自己準備回到我身邊的時候。她背對的方向出現了拿著手槍的山名同學。

「…………」

山名同學不發一語地舉起手槍，朝月愛扣下扳機。

就算出聲提醒也來不及了。這麼想的我衝出路障——

撲到月愛前方。

「……！」

然後被子彈擊中。

「我中彈了……！」

回到路障後面的月愛看著舉起雙手準備退場的我，喃喃說道：

「龍斗……！」

她的話音未落，山名同學就展開了下一步行動。

「啊～～！中彈了～～」

谷北同學這麼說著從路障後面走出來。似乎是她準備狙擊對方時反被擊中。

「……好了，只剩妳一個人嘍，露娜。」

至今從未說過一句話的山名同學在路障後露出得意的笑容。

「妮可……」

月愛握緊手槍，一臉五味雜陳地喃喃低語。接著她朝走向出口的我看了一眼，露出堅定的表情。

「人家不會輸！要連龍斗的份一起贏回來……！」

若以時間計算，從她說出這句話到雙方分出勝負，只有短暫的片刻時間。

月愛探出上半身，將槍口舉向山名同學的方向。山名同學隨即衝出路障，躲到距離月愛不遠處的障礙物後方。當月愛一開槍，山名同學就在同一個時間點探出上半身開槍，接著月愛也毫不畏懼地予以還擊。

BB彈發射的清脆聲響在兩位少女之間來來去去。

「……啊！」

先發出聲音的是山名同學。

「嘖……中彈了！」

她不甘心地咂了嘴，舉起雙手。

於是，勝利者揭曉了。

◇

「可惡～～！竟然沒有打爆現充啊～～！」

當所有人都回到安全區後，得知比賽結果的阿伊顯得非常不甘心。

「再來一場再來一場！這次一定要集中攻擊情侶！」

「咦～～那樣會不會太過分了？」

「呃……」

跟著朋友慷慨激昂的阿仁被谷北同學如此責備，整個人僵住了。他其實心思很細膩。

這時山名同學走向阿仁。

「欸，可以借一下這個嗎？」

山名同學拿走阿仁的步槍，對牆壁試瞄了一下。

「……啊～～這把果然更容易瞄準。」

在店員的建議下，我們男生從供玩家租借的空氣槍當中選了步槍，而女生則是租借手槍。理由是步槍雖然容易瞄準，但因為比較重，會降低力氣小的女生的行動能力。

「謝啦。」

將步槍還給阿仁的山名同學拿著自己的手槍走向櫃檯。

「我去請人換一下那種叫步槍？的武器。」

她這番話講得理直氣壯，聽起來就像即使被勸阻仍會不由分說地硬要店員換槍。

「……欸，龍斗。」

這時，月愛靠到我的身邊。

「剛才對不起喔。你被打中……是為了保護人家吧？」

她垂下眉毛的微笑好可愛，讓我的心臟猛跳一下。

「是、是啊……但是完全沒問題啦。只不過如果能反擊一下應該會很帥吧……」

「不對喔。」

她搖了搖頭。

「……你剛才那樣已經很帥了。」

月愛低聲說著，臉頰染成了紅色。

「謝謝你，龍斗。」

她害羞地撇開視線說道，接著又對上我的視線。

「……所以呢，人家才會努力打贏喔。」

「嗯……謝謝，妳很厲害呢。」

那場槍戰緊張激烈得讓走向安全區的我不禁停下腳步看到最後一刻。

「嘿嘿。」

被我誇獎之後，月愛開心地露出微笑，接著突然四處張望。

「……怎麼了嗎？」

被我這麼一問，月愛回過神似的搖了頭。

「沒有，沒事喔。」

「……？」

正當我們聊到一半，山名同學回來了。她手上拿著的正是一把步槍。

「啊，妮可！妳的指甲怎麼了？」

月愛看到山名同學的手，驚訝地說著。

「嗯？順便借把剪刀剪掉了。剛才一直卡到扳機，不方便開槍呢。」

仔細一看，山名同學那裝飾得無比花俏的指甲確實很短。雖然我不記得原本的長度，平常應該更長才對。

「原本的樣式明明很可愛耶。」

「謝謝。不過以後再做就行啦，反正可以用水晶指甲延長。」

如此回答谷北同學的山名同學對著牆壁舉起槍，開始專心地練習射擊。

「……嗯，這樣一來手感就比剛才好了。」

練習幾次後，她露出充滿自信的微笑這麼說著。

一如山名同學的宣言，她在下一場遊戲中徹底覺醒了。

「看招看招看招，想被人家打的傢伙統統給我站出來！」

「呀啊～～中彈了～～！」

「妮可好強喔～～！」

由於團體戰一下子就結束了，根本玩不起來。於是我們改成只有一個人能獲勝的大逃殺式戰鬥。

然而……

「看招看招看招！消失吧，雜碎！」

「呀啊啊～～好痛！」

「惡鬼辣妹的子彈打中我了～～！」

山名同學果然無敵啊。

不過我們仍然享受了十場左右的遊戲。用完兩個半小時的包場時間後，我們的遊戲就結束了。

就在我們所有人換完衣服，拿著隨身物品離開安全區的時候。

「……咦？」

月愛不斷翻找自己的包包，發出傷腦筋的聲音。

「少了一個耳環……換衣服的時候人家應該有放在化妝包裡啊。」

「咦，妳的兩邊耳朵都有戴著耳環啊。」

谷北同學檢查月愛的耳朵後這麼說道，但是月愛搖了頭。

「剛開始還有戴另一個。」

「啊，有月亮和星星造型的那個？就是妳穿便服時經常只戴一邊的那個耳環？」

月愛對山名同學點了頭。

「對～～就是那個。」

「那不是妳很重要的東西嗎？我記得妳說過因為怕被沒收，在學校時不會戴。」

「嗯……」

「那是那麼重要的東西嗎？」

就在為她感到擔心的我也開始檢查附近的地板時。

「……啊，找到了！」

月愛發出開心的聲音。

「抱歉，它在包包裡面。好像是從化妝包掉出來了。」

月愛苦笑著表示：在說之前應該先仔細找找才對。我則是對她露出微笑。

「能找到太好了呢。」

「就是說呀～～！」

「很好很好。」

在大家溫暖的眼神環視下，月愛戴起了她剛找到的耳環。

那是像以鏈子將新月與星星掛在耳朵底下，十分具有存在感的耳環。

——穿便服時經常只戴一邊的那個耳環。

我想起了山名同學的話。就算我再怎麼對時尚打扮沒興趣，對她所珍惜的耳環一無所知仍然讓我引以為恥。但也因為那個耳環經常被頭髮蓋住，平時的我並不太會注意到。

不過為什麼她只戴一邊呢？一般來說，耳環不是成對販售嗎？

我感到些許疑問，但是一想到愛打扮的女孩子之間或許流行這樣，就沒有想太多了。

「話說回來，惡鬼辣妹竟然一個人吃雞（註：大逃殺型射擊遊戲用語，活到最後奪得冠軍的意思）啊……」

之後在我們前往的餐廳裡，阿伊感慨萬千地對阿仁如此嘀咕。

「惡鬼辣妹果然不是省油的燈……」

「她會用一般人的三倍速度接近呢。」

「戰鬥時還考慮到後兩三手。」

「我們……完全打不過她。」

「因為是少爺嘛。」

聽著兩人的對話，我在心裡想著得快點修完鋼彈課程了。

由於我們包的場是上午時段，遊戲結束後剛好是午餐時間。再加上沒有人打算回家，於是我們一行六人就來到了位於同一個購物商場的義大利餐廳。

從桌子的擺設方式來看，這裡像是家庭餐廳，也有許多未成年人和攜家帶眷的客人。但因為裝潢與燈光充滿了時尚的氣氛，如果只有男生，我們不可能選擇走進這間店。

我們分成了男女兩邊，在一張六人用的桌子旁面對面坐下。這種形式很像傳聞中的「聯誼」，讓人有點害羞。順帶一提，谷北同學的對面是阿伊；山名同學對面是阿仁；月愛的對面則是我。

「話說回來，生存遊戲真好玩呢～～」

用完餐點的谷北同學一邊喝著飲料吧的冰可可，一邊微笑地說著。

「真假？人家就知道小朱會這麼說，才會找妳來喔～～！太好了！」

月愛開心地笑著。

「嗯。子彈的飛行方式會根據空氣槍的種類不同而改變吧？像是距離或速度之類。要是自己多買一些來試試看應該會很有趣。」

「就是說啊！」

阿伊突然用興奮的語氣開口說道：

「空氣槍可能就是讓人迷上生存遊戲的開始喔。我也覺得很有趣，想多拿幾把槍來試射。今天租借的不是用電池驅動的電動槍嗎？那種只要扣扳機就會發射，用起來很輕鬆。不過其他還有瓦斯槍或軟氣槍的類型，各自的操作性也不同。如果能把每一種都玩得爐火純青，應該會很帥氣吧。」

今天他第一次對女生主動開口就是說這種話嗎？我在心中替他捏了把冷汗。

「哦～～這樣啊～～？」

還好對方不愧是月愛的嗨咖朋友，谷北同學很正常地與阿伊對話。

「不過，空氣槍應該很貴吧？」

「唔～～價格有高有低，低的大約五千圓吧。」

「也有三千圓左右的喔。」

阿仁順著阿伊的話題加入了對話。他大概是不甘寂寞吧。

「那價格高的呢？」

「哎呀，那可能就要五萬嘍。」

「還有十萬左右的呢。」

「是嗎？反正我也買不起，就沒有查過高級品是什麼樣的了～～」

「果然是這樣～～雖然好像很有趣，但不能再增加著迷的東西了。」

「小朱可是很宅的人喔。雖然我也是啦。」

聽到山名同學說的話，阿伊和阿仁的眼神變了。

「咦，真假？」

「哪方面的宅？」

由於沒想到可以從嗨咖口中聽到「宅」這個詞，感到十分親近的阿伊和阿仁瞬間湊了過去。

谷北同學像是期待已久地開心回答：

「VTS！他們每次出光碟的時候，為了拿特典都得買很多份，真的是無底坑喔～～！人家也有在學韓文！」

「V、V……？」

月愛看到我們一頭霧水，便出面幫忙說明。

「是K-POP男子團體啦。我們全都被小朱傳教。他們現在很紅喔，沒聽過嗎？」

包含我在內，所有男生都張著嘴露出一問三不知的神情。

或許是開關被打開了，谷北同學興致高昂地繼續說下去：

「人家之前是迪士尼宅，生日時請人買了年票當禮物，當時經常跑去玩。現在還有在玩手機遊戲就是了。還有人家也很喜歡用樹脂做小飾品～～！應該說人家喜歡所有服飾和時尚類的東西，畢業後打算去讀這方面的專門學校～～」

「我是美甲宅，光療凝膠和美甲飾品個別買很便宜，不知不覺收集太多就很難整理。」

繼谷北同學之後，山名同學也開始暢談自己著迷的東西。

「「…………」」

聽到對方一直列出自己完全沒興趣的嗜好，阿伊與阿仁都不敢講話了。如果是愛玩的男生，或許還能隨便應付幾句，然而這已經是邊緣處男的極限了。身為他們的同類，我很能感同身受。

「妳們兩人可以沉迷到那種程度也是很了不起呢。」

幸好月愛很自然地幫忙接話。

山名同學提起嘴角，對月愛笑了笑。

「妳不是也有很沉迷的東西嗎？」

「……咦？」

我注意到山名同學的視線，不禁慌張起來。

月愛也察覺山名同學的意思，臉頰隨即變得紅通通。

「咦，妳是指龍斗？說什麼啦～～！」

「今天實在是感謝兩位招待了。老實說，單身還滿難過的呢。」

山名同學在一旁開玩笑，讓谷北同學也笑了出來。

「看你們這麼恩愛，讓人家好羨慕喔～～！」

這時我聽到身旁的阿仁似乎在嘀咕什麼，於是側耳過去。

「……話說，難道惡鬼辣妹沒有男朋友……？」

「是啊，嗯，好像是這樣。很意外吧。」

夏日祭典時，月愛有說過這件事。接著阿仁露出吃驚的表情看著我。

「阿加，你知道喔？早點講嘛！」

「咦？阿仁，難道你對山名同學……」

「哎呀，不是那個意思啦！我是說這樣一來她的貴重程度就不同了！」

他這話讓我聽得似懂非懂。順帶一提，我們是小聲交談，除了我和阿仁，應該沒有其他人聽到這段對話。

「妮可和小朱只要有心，應該隨時都能交到男朋友吧？」

聽到月愛這麼說，谷北同學就「嗯～～」地沉吟一聲。

「人家現在腦中只有傑旻，老實說不想交男友耶。」

那是誰？我疑惑地看了看面前的月愛，她告訴我：「是ＶＴＳ的成員。」

「人家還有很多事想做，一個人也能過得很開心。而且如果要和別人一起玩興趣，找同性的人會比較自在吧？」

正當我也深感同意時，身旁的阿仁與阿伊都用力地點了頭。

「……妳們兩位如果要找男朋友，有沒有理想的類型呢？」

為了讓對話持續下去，我小心翼翼地如此提問。雖然我已經習慣與月愛相處，向嗨咖女生搭話仍然需要一些勇氣。不過這是我對阿伊與阿仁的一點貼心服務。

接著，山名同學的臉就蒙上了一層陰影。

「……我目前還沒辦法思考那種問題耶。」

我是第一次目睹山名同學露出那樣的表情，看起來有點寂寞，又有點苦澀。

「……是因為前男友的事吧？」

聽到谷北同學這麼詢問，山名同學點了頭。

「畢竟他是個很帥氣的人嘛。」

「那個人長得很帥嗎？」

「不對，應該說是生活方式？他經常戴著耳機，我就問他：『你在聽什麼歌？』結果他竟然回答『佛經』耶。會不會太猛了？」

「……的確很猛……」

我吸了口氣看了看旁邊。谷北同學一臉目瞪口呆，阿仁則是笑了出來。

「簡直是中二病到了極點啦……！」

不過他立刻被山名同學惡狠狠地瞪了一眼，不敢再吭聲。

山名同學似乎打從心裡覺得那種中二病的前男友很帥氣，再次浮現陶醉的表情。接著她回過神，露出帶著些許苦澀情緒的笑容。

「……聽起來很蠢吧。我竟然到現在還忘不了國中二年級時只交往兩週的男人。不過他畢竟是我第一個喜歡上的人嘛……」

……真讓人意外。

「兩週……」

身旁的阿仁也不禁發出驚訝的聲音。

就是說啊。我也很吃驚。

按照這個情況，應該就意味著她在那之後到現在一直沒有交往對象吧。

以國中時期的兩週時間，雙方關係應該還不會進展到後面的階段。

也就是說，雖然山名同學看起來是這種玩咖，其實她是……？

「處……好痛啊〜〜〜〜〜〜〜！」

正想說出什麼的阿仁突然抱著一隻腳露出痛苦的表情。

「啊？你這傢伙剛才想說什麼？」

山名同學以更加凶惡的眼神瞪著阿仁。那張表情加上充滿壓迫感的聲音，完全就是一副不良少女的模樣。

「你說了『處』這個字吧？莫非你很想受到『處罰』？還是『處刑』？說話啊。」

「噫～～～～！沒有沒有沒有！」

詩人·妮可大師詠出了地獄般的韻文，讓阿仁淚眼汪汪地收回剛才說的話。

「你、你沒事吧，阿仁……？」

我對仍然抱著膝蓋痛苦不已的阿仁表示關心，他卻回了我滿面的笑容。

「清純惡鬼辣妹用十公分的鞋跟照顧了我一頓……真是太感謝了……！」

看來他似乎在桌子底下被狠踩了一腳。

不過既然他本人對痛苦感受到快感，那應該沒什麼問題吧。

「……先聲明一下，我們該做的都有做。」

這時，山名同學似乎想威嚇我們男生，她以彷彿壓抑著害羞，聽起來更顯得不悅的口吻如此說道。

「做……」

是這樣啊，原來如此。

在國中的那兩週，她確實和初戀男友有過經驗了。真不愧是山名同學……就在我這麼想的時候。

「……只到接吻為止。」

山名同學低聲說著，臉頰瞬間變得通紅，轉過身背對我們。

「…………」

山、山名同學好像有點可愛耶。

恐懼與放鬆兩種感覺來來去去，讓我的情緒亂成一團。

我偷偷瞄了月愛一眼，看到她露出溫柔的微笑注視著山名同學。既然她們是好朋友，想必都已經知道這些事了。

「人家想要和個子高的人交往喔～～」

就在這時，谷北同學以開朗的聲音說道。

是理想男友那個問題的回答啊。明明問題是我問的，但因為山名同學說的話太有衝擊性，讓我有一瞬間忘記現在談論的是什麼話題。

「咦，個子高的……大、大概要多高？」

那個回答吸引了阿伊的注意，畢竟他也有自己個子挺高的自覺。

「嗯～～人家個子小，所以連傑旻都算高的。如果有柾宇那樣的身高應該就很帥了！」

就算不問月愛，我也知道她說出的名字應該是ＶＴＳ（？）的人。

「話說伊地知同學還滿高的耶，你身高多少啊？」

谷北同學似乎終於察覺了這點。當我以心電感應感受到阿伊的動搖而轉過頭時，剛好看到阿伊驚慌失措地開口回答：

「一、一百八十一……」

聽到這個答案，谷北同學興奮地張大眼睛。

「哇～和伊俊一樣高嘛！這樣很帥耶！」

「……！」

我懂，我很懂你的心情啊，阿伊。

這很不得了，是回到家後每次回想都能配上三碗飯的經歷。

雖然谷北同學口中的「很帥」指的八成是「伊俊」這個人，但對邊緣處男而言仍然是動章等級的讚美。

「沒有啦……呃，啊……嗯，啊……」

結果阿伊果然變得面紅耳赤，一副暈頭轉向的模樣，連話都說不好了。

於是我們在結束這次意外讓眾人大聊戀愛話題的開心（？）聚餐之後，隨意步出商場走向車站。

現在時間是兩點半，不算早也不算晚。

「我等一下得打工，就先走啦～～」

「人家也要回去看網路直播，要和妮可一起走喔～～」

「今天謝謝你們！」

「人家玩得很開心喔～～！」

山名同學和谷北同學這麼說著，對停下腳步的我們揮了揮手後就離開了。

接著，阿伊與阿仁也朝車站的方向走去。

「我也要回家了……」

「我也是……得去參加ＫＥＮ的六百人脈塊活動……」

兩人有點恍神，似乎還沉浸在剛才的餘韻之中。這也不怪他們，畢竟這半天對邊緣處男而言刺激性太強烈了。

於是，留在現場的只剩下我和月愛兩人。

「……白……月、月愛妳呢？」

我到現在還是會對直呼名字感到有點緊張。

聽到我的問題，月愛則是有點雀躍地看著我的臉。

「人家還可以繼續玩喔。你有什麼打算？既然機會難得，要不要在台場約個會？」

她抬起視線望著我，那種撒嬌般的可愛眼神不禁讓我的心臟猛跳一下。

「……好、好啊。那就走吧……」

就在我們踏出步伐的時候。

和山名同學走向車站的谷北同學喊著：「啊，對了！」轉身跑了過來。

「加島同學！」

「什、什麼事？」

我本來還以為她有事找月愛，因此被站到自己面前的她嚇得愣在原地。

谷北同學交互看了看我與身旁的月愛，開口說道：

「那個，之前人家還不知道露娜和加島同學交往的時候，剛好看到朋友傳來的加島同學和妮可在喝飲料的照片，人家就回了『超好笑』幾個字。」

「…………」

我回想了一下，想到可能就是她說的那件事。

妮可和班上的老土男在麥當●約會耶w

真假？超好笑啦。

難道就是月愛拿出我被山名同學找去和她見面時的照片，質問我「這是怎麼回事？」的那則ＬＩＮＥ嗎？

原來那個人就是谷北同學啊。我沒有連名字都仔細看就是了。

「雖然加島同學確實是不起眼的類型，但是你既溫柔又為女朋友著想，是個很好的人。今天和你待在一起一段時間，讓人家覺得你和露娜很配。」

谷北同學低著頭這麼說之後，抬起了頭。

「人家只是要說這些。因為之前好像罵了你，感覺有點過意不去。那就再見嘍！」

她露出釋懷的表情後，對我和月愛揮了揮手便離去了。

她真的只是要說這些話才跑回來啊。

「……谷北同學是個有點我行我素的有趣的人呢。」

當我這麼一說，身旁還在揮手的月愛就笑了。

「對不對？小朱很有趣喔。她很堅持自我，充滿勇往直前的氣魄。」

月愛以憧憬的語氣說著，輕輕挽著我的手臂。在她右手上閃閃發光的天然礦石戒指讓我有點不好意思，但又讓我開心不已。

「……那我們走吧。」

「好、好啊。」

那股不知是花香還是果香的香氣輕輕融入海風的氣味。秋老虎的午後時分，在這股讓相觸的肌膚熾熱火燙的高溫中，我感覺自己彷彿仍置身於在那個濱海城市度過的夏天。

心臟在胸中偷偷地撲通撲通跳個不停。

第一·五章　黑瀨海愛的祕密日記

我對加島同學的戀情結束了。

是啊，真的結束了……最近的我終於願意承認了。

暑假已經過去，我和加島同學的座位也分開了。

我本來還以為會更痛苦，不過我的內心卻意外地平靜。這算是已經振作起來的證據嗎？

不對……就算如此，當我看到和月愛在一起的加島同學時，心情還是一樣亂糟糟。

然而，那樣的日子應該也即將結束。

沒事的。

我可以撐過去。

就這樣每天提醒自己，一步一步慢慢前進吧。

畢竟我已經走在沒有加島同學的人生道路上了。

第二章

由於月愛提議「想搭摩天輪」，所以我和月愛就往青海車站的方向走去。

有如台場地標的大型摩天輪離我們越來越近。從遠處望去就能一眼看到，具有獨特存在感的那個……會讓人吐槽明明不在遊樂園裡，除了小孩和情侶以外誰會去坐的那個……沒想到竟然有這麼一天，我會以「情侶」的身分搭上去……

和女朋友第一次搭摩天輪……在狹小的空間裡兩人獨處……

光是想就讓人心跳加速。雖然車廂裝著玻璃，應該不能做什麼猥褻的行為，但如果只是接吻……我的心臟瘋狂地跳個不停。

話說，不知道在月愛心裡，距離想和我上床……現在已經進展到哪個階段了？

暑假的那件事似乎大幅拉近了我們兩人內心的距離。在夏日祭典接吻時，月愛很害羞，但我感覺她好像也很開心。

……該不會要不了多久了？

該不會，這次摩天輪的行程就是試金石吧……我的腦中充滿慾望，讓思考模式變得一團混亂。

幸好搭摩天輪的人不會太多，我們很快就坐進了車廂。

隨意在C字型的座位面對面坐下後，我們各自望向窗外的景色。

摩天輪車廂緩緩上升，底下臨海地區的整片景色盡收眼底。然而，我的腦中卻一直想著等一下要如何和月愛接吻。

因為我們身處於密室，就算不靠近，月愛身上的香味也充滿了整個車廂。

啊啊，好想接吻……接吻……接吻……！

好想要接吻接吻接吻接吻接吻接吻接吻接吻接吻接吻啊！

就在我的不良企圖即將脹破腦袋的時候——

「…………」

原本看著窗外的月愛突然望向我，露出微笑。

那是柔和得宛如灑落林木間的春日陽光，看起來非常幸福的微笑。

「……人家現在感覺有生以來第一次談了戀愛喔。」

這句話來得太過突然，讓我感到大惑不解。月愛繼續說下去：

「人家還以為能讓人心動的戀愛只存在於少女漫畫……原來人家的人生中也有那種戀愛呢。」

她臉頰泛紅，垂下視線這麼說。隨後她又望向我。

「每次看到龍斗新的一面，人家都會心動一下，想著：『啊，人家又更喜歡你了。』雖然人家告訴妮可這件事的時候，她還笑人家：『順序反了吧？』」

一股暖流從胸中湧出，我默默地傾聽月愛說話。

「她說一般的女孩子應該是在某天不自覺地將目光停留在一位男孩子身上。在觀察那個人的過程中開始受到吸引，喜歡上那個人，和他說話時感到心跳加速……最後心生想和那個人交往的念頭。」

是的，我喜歡上月愛時也是那樣。

那是一場壓倒性的戀愛。

「她還說不只是在漫畫裡，所有人都是以這種方式陷入愛情……感覺人家似乎終於站上那個起跑點了。」

她突然說出的「起跑點」三個字刺痛了我的心。

「一開始人家以為只是因為龍斗和以前那些男朋友不同，讓人家有點混亂才會心跳那麼快……但是和龍斗度過一個夏天後，人家終於可以確定了。這絕對是戀愛。」

距離上床還有幾個階段……這個問題的答案是「還在起跑點」啊。哎呀，畢竟戀愛的終點也不一定是上床嘛……如果這個過程總共有十個階段，搞不好位於第五個階段左右。

不對，也許是在第三個階段喔。這裡就先正向思考吧。

……嗯。

仔細想想，剛開始交往時，她連我的名字都不知道。

如今她說自己也愛上了我。即使那只是起跑點，只要接下來一路順利，「那天」應該就在不遠的將來吧。

雖然剛開始時發下豪語，現在我已經沒有主動提出要求的權利。這點讓我有點難過……

不過——

——人家現在感覺有生以來第一次談了戀愛喔。

那些前男友無法連月愛的心也奪走。一想到這裡，我的內心深處就湧出滿滿的喜悅。

「……這樣啊。」

所以雖然我心裡滿是複雜的情緒，她的話仍然讓我感到開心。

當我望著月愛露出微笑時，她也輕輕地以微笑回應了我。

那張笑容的可愛程度使我感受到滿滿的幸福而怦然心動。

「……妳有在看少女漫畫啊？」

她剛才所說的話讓感到意外的我開啟了另一個話題。畢竟在我的印象中，月愛不像是會閱讀書籍的人。

「啊～～嗯。人家的媽媽有很多少女漫畫，那是我們還住在一起的時候看的。不過因為是媽媽年輕時的漫畫，都是以前的作品。」

月愛愉快地說著。

「在那些作品裡，人家最喜歡的漫畫，就是女主角和她的男朋友在摩天輪裡吃巧克力豆時接吻喔。」

「哦、哦……」

由於我剛才正好想著接吻的事，心臟不禁猛跳一下。

「然後兩個人笑著說『是巧克力豆的味道呢』。當時人家還是小學生，覺得那樣好成熟～～心跳得好快。」

「……這、這裡可是禁止飲食喔。」

突然意識到自己就置身於話題中的摩天輪裡，對話也變得不太順暢。

「嗯，而且我們也沒有巧克力豆嘛。」

月愛說了這句話之後，抬起視線注視著我。

「不過……可以嗎？」

……！

可以什麼？——就算不問這種問題，在這種情況下我也明白她的意思。

「……嗯、嗯。可以喔。」

我沒道理拒絕。

剛才明明還滿腦子想著接吻，到了關鍵時刻卻緊張起來。都已經是第三次了……當我窩囊地這麼想著的時候，月愛迅速地靠了過來。

「……！」

兩人的距離在密室中迅速拉近，再加上傾斜的摩天輪車廂，讓我的心臟發出巨大的跳動聲。此時的我很在意前後車廂裡有沒有人看向我們，視線慌張地四處游移。

月愛坐在旁邊面對舉止怪異的我，那頭散發香味的秀髮輕輕碰到了我的肩膀。

近距離這麼一看，月愛真的好可愛。肌膚與嘴唇都水水嫩嫩的，儼然是一位寶石般的美少女。

那雙充滿誘惑力的眼睛直直地望向我，接著別有深意地閉了起來……

我則是輕輕將臉靠過去……以自己的嘴唇貼上她的唇。

月愛好柔軟，好溫暖。

真希望能一直這樣下去……真希望能更深刻地感受月愛。這股衝動激得我心癢難耐。

「…………」

不行不行。我已經決定要等她主動開口了。

我依依不捨地離開她，她卻以調皮的眼神望著我。

「……是什麼味道？」

「咦？」

突然被問到這個問題的我變得很驚慌。

「……好、好像有桃子的香味？」

「正確答案～～！」

月愛欣喜地咧嘴一笑。

「人家買了新的脣釉。這種水蜜桃茶的香味人家很喜歡喔！擦上去的顏色也完全是ML BB～～！」

「M、ML什麼……？」

「就是很自然的意思啦！也不會沾到你的嘴脣，超優秀的！」

月愛看了看我的嘴巴，露出滿意的神情。

接著她將頭一歪，靠在我的肩膀上。

「……嗯，人家果然很喜歡龍斗。」

就像在確認自己的感情，月愛緩緩地低聲說道。

「而且人家感覺還可以更喜歡你……」

月愛臉上浮現柔和的微笑，不過這時她突然想到什麼似的抬起頭。

「欸欸，龍斗。」

「什、什麼事？」

「可以摸摸人家的頭嗎……？」

被那種興奮喜悅的眼神注視，我的心跳再次加快。

「為、為什麼……？」

「人家想起來了。剛才在玩生存遊戲的時候，人家好想聽到龍斗說『妳很努力喔』，順便摸一摸人家的頭！」

「……啊……」

我想起了回到安全區時與月愛的對話。

——……怎麼了嗎？

——沒有，沒事喔。

原來是那時候的事啊。

「不過畢竟當時大家都在，再怎麼說都得節制一下……」

可以嗎？——她小聲地問我，我點了點頭。

「可、可以啊。」

「太好了！」

月愛開心地笑了。

「來吧，摸摸人家的頭～～」

於是我以生硬的動作在她探過來的頭上來回撫摸兩三下。

「……這、這樣嗎？」

「謝謝你，龍斗。」

抬起頭的月愛展現出太陽般的笑容。

「最喜歡你了～～！」

我們所搭乘的摩天輪車廂在不知不覺間已經靠近下車處。

◇

我們下了摩天輪之後，又依照月愛的要求前往維納斯城堡（註：位於台場的歐風購物中心）。半路上，我在當成通道的建築物裡面停下了腳步。

「好猛喔～～！有好多車耶！」

有許多閃亮亮的新車擺在這個有如展示場的大型挑高空間裡。我們所在的位置是二樓，一樓還展示著更多車輛。剛才明明有經過這裡，但當時我的腦中塞滿了摩天輪（裡接吻）的事，沒有注意到這裡的景象。

「啊～這裡就是MEGAWEB吧！好像是車輛的展示間之類的地方。」

「哦……」

「你喜歡車嗎？」

聽到月愛這麼問，我怯生生地點了頭。

「是啊……嗯，還滿喜歡的。小時候我蒐集了很多迷你玩具車。」

「這樣啊～」

月愛眨了眨眼睛，表情突然亮了起來。

「那麼等你考到駕照，可以讓人家坐在副駕駛座嗎？」

「這個嘛，嗯，當然可以。」

不過我想應該得等到考試結束……我補充了這句，但是月愛已經開心得宛如下週就能坐上車似的。

「哇～好期待喔！那我們就一起去滑雪或露營吧～！」

她那天真無邪的模樣讓我不禁綻放出笑容。

「不過我們家沒有買車，只能租車喔。」

「完全沒有問題！龍斗喜歡什麼樣的車～～？」

「唔～～應該是跑車吧～～就是那種的。」

我指著前方展示的一輛鮮紅色Supra。這裡放眼望去都是豐田車，應該是豐田的設施吧。這麼一說，我好像在車展之類的新聞上看過這個地方。

「哇～～好帥喔！那就租那台吧。」

「嗯～～但如果是去滑雪或露營，我覺得選迷你廂型車會比較好喔。」

「為什麼？跑車不行嗎？」

「跑車放不了多少行李……而且坐起來可能不太舒服。」

「兩種車有什麼不同呢？」

月愛似乎對車很陌生，從頭到尾都是一副不明就裡的表情。於是我趁這個機會向她仔細說明。

「跑車雖然造型酷炫又能高速狂飆，但是以駕駛起來的感覺，還是重視車內舒適度與空間大小的家庭用、城市型的車比較好。具代表性的就是迷你廂型車。不過，若是像迷你廂型車那樣，車內空間越大，車輛造型就會變得越難開快。人要坐得舒適，車內空間勢必得像房子一樣趨近於箱型，但如此一來，那種車就會有很大片的面積直接撞上迎面風，造成風的阻力變強吧？所以如果車要開得快，就必須捨棄車內的舒適度。注重將車體塑造成逼近極限的流線造型，讓迎面風能快速通過的車才是跑得最快的車。然而若是那麼做，就會壓低車輛的高度而不方便進出，也會因為少了後座，喪失大量置物空間，導致這種車用起來很不方便。聽說由於最近經濟不景氣，人們不再頻繁換車或同時擁有多輛車，方便照顧長者與小孩，具實用性的廂型車就比較受歡迎。不過在車輛方面，我還是比較中意跑車喔。」

說到這裡，我突然回過神來。因為我注意到月愛露出了目瞪口呆的表情。

「啊……抱、抱歉！」

我又搞砸了。都是因為我對這個話題很有興趣，才會一口氣說了這麼多。

看她的表情，這次搞不好就會覺得我很噁心？……正當我感到慌張的時候，月愛卻微微一笑，搖了搖頭。

「不會，沒關係啦……龍斗好厲害啊……」

她說了這句話後，視線從我身上移開，朝前方低下頭。

「……人家可能算是一輛跑車呢。」

月愛瞇起眼睛望向遠方，喃喃說著：

「人家什麼都沒在想，只顧著往前猛衝，盼望快點衝過孩童時期，變成大人。」

月愛這麼說著，露出自嘲般的微笑。

「但就算模仿大人累積經驗，內心卻仍然一直是個小孩子。」

她指的一定是自己至今的戀愛經驗。想到這裡，就讓我感到胸口一緊。

「龍斗對每件事都會有很多很多想法，珍珠奶茶那次也是很有研究。」

「呃，沒有啦……」

「如果是人家，每次喝的時候只會有『珍奶好好喝〜〜！』的想法。」

月愛這麼說著，淡淡一笑。

「人家不擅長思考。思考和煩惱不是很像嗎？若是自己一個人悶著頭想事情，感覺會變得越來越沒有精神。」

「……如果是那樣，我覺得沒必要硬逼自己思考喔。不過我是個就算叫我別亂想還是會鑽牛角尖的人，不管是好事還是壞事，都會想太多。」

「可是，人家差不多也得開始考慮未來的規劃吧？」

月愛嘟起了嘴。

「最近人家總是在思考更久遠的未來。例如打算生三個小孩，或是生了像人家這樣的雙胞胎，養育的時候應該會很辛苦之類。不過與其說思考，不如說是妄想？」

「生……」

生小孩？

我不禁臉頰發燙，心臟撲通撲通地猛跳。

雖然我們連做都沒做過，八字還沒一撇，我卻每天都想著生小孩的行為，所以她的話讓我受到很大的衝擊。

啊，不過既然她都說了這種話……代表「那天」或許不遠了。想到這裡，我的內心就雀躍不已。

「還有想養一個長得像龍斗的男孩子。但如果是女孩子，像人家比較好。」

「……妳的意思是女孩子長得像我就不可愛嗎？」

我打趣地對開心暢談未來的月愛吐槽。

「不是那個意思啦～～畢竟人家沒辦法想像龍斗變成女孩子會是什麼樣子嘛。」

月愛笑著回答後，突然變得消沉。

「不是那個意思……」

正當我擔心自己說了什麼讓她不開心的話而感到慌亂時，她低下頭嘀咕：

「……差不多……是時候該好好思考自己的未來。」

她以沉穩的口氣說著，抬起了頭。

「畢竟高中畢業之後，人家就不再是小孩了。」

月愛注視著遠方，視線落在於一輛車前面打鬧的幼童身上。

——人家可能算是一輛跑車呢。

——人家什麼都沒在想，只顧著往前猛衝，盼望快點衝過孩童時期，變成大人。

沒想到月愛是如此看待自己。

然而就算她說得沒錯。

即使如此，我……

「……跑車啊，並不是用來快速抵達目的地的車，而是用來享受『駕車奔馳』這項樂趣的車喔。」

「咦？」

這番話讓月愛吃驚地望向我。

「我從遠處觀察到的月愛經常受到朋友的簇擁，身邊還有男朋友……看起來就像在全力歌頌著青春，讓我很羨慕。」

那是一個無論我再怎麼努力伸出手也無法觸及，宛如太陽般耀眼而無法直視的存在。

月愛注視著語氣充滿昔日憧憬的我，嘴脣微微顫抖。

「龍斗……」

「我很喜歡跑車。『只為供人享受奔馳樂趣而生的車』，聽起來不是純粹又帥氣嗎？」

「咦，先等一下。」

這時月愛喊了暫停。

「人家有點被搞亂了。你現在是在誇獎人家嗎？」

我對這個問題點了頭。

「畢竟月愛不就是一輛跑車嗎？」

「唔……？那就是所謂的『別想太多，用心體會』嗎？」

這種隨隨便便的總結讓我笑了出來。

「以人類而言，或許就是那樣吧。」

預先考慮到往後的狀況，每個舉動都經過一番精打細算，或是先訂立不會失敗的縝密計畫再付諸實行——這類做法一定都不符合月愛的行為準則。

對眼前有困難的人伸出援手，遇到快樂的事時會找來朋友一同歡笑——月愛能辦到的，是自然而然做出這種看似簡單，對某些人而言卻很困難的事。

那些過去的戀愛經驗一定也累積在她這樣的生命之中。

既然如此，我打算連同那些經驗完全接受月愛的一切。

因為我喜歡她。

因為白河月愛就是那樣的人。

我是這麼想的。

◇

穿過MEGAWEB後，我們直接走進了維納斯城堡。

維納斯城堡是一座距離摩天輪很近的大型商場，從一樓到三樓的商場裡開滿了服飾店、飾品店、餐廳、暢貨中心等店面。由於不時會舉辦宅系活動，我對這個地方也有些了解。

「哇～～好久沒來了～～！」

穿過二樓的大門後，月愛張開雙手仰望加高的天花板。

「人家很喜歡這裡喔。雖然因為台場有點遠，最近就沒有來了。」

維納斯城堡的二樓打造成宛如歐洲城市的街道，營造出主題公園般的氣氛。

「龍斗，你來過這裡嗎？」

「嗯。以前會和家人來購物，主要是去暢貨中心那邊。」

「這樣啊。」

「…………」

就在打算反問她相同的問題時，我突然愣住了。

『妳說很久沒來，那上次是什麼時候來的？』

對於這個問題，她會怎麼回答呢？

——雖然不是在這裡的祭典，但不管是穿著浴衣和男人走在一起……或是一起看高空煙火，人家都不是第一次經歷。

我想起了夏日祭典時，月愛所說的話。

該不會這個地方也是如此？上次……她是和前男友一起來的嗎？

既然如此，那摩天輪呢？她該不會也和歷任的男朋友一起坐過，還同樣接了吻……

諸如此類的念頭在腦中揮之不去，讓我開始有點厭惡自己。

我明明整理好心情，打算接受月愛的過去……而且剛剛才再次確認了這個決心。

看來我還得花上一段時間才能讓自己想通。

不過，要不了多久了。這種心亂如麻的感覺一定再過不久就能消失。

能有這樣的念頭已經是一大進步。

「……龍斗，你怎麼了？」

月愛的聲音讓我回過神。

「沒事。妳有什麼想逛的店嗎？」

「沒有，隨便走走就好了！能逛街已經讓人家很開心了！」

月愛抬頭望去。

挑高的天花板上畫著一整片的天空。那是一片飄著雲朵，令人心曠神怡的藍天。搭配歐洲風格的城市景色，讓人感覺彷彿走在異國的街道上。

「人家很喜歡這種像在外國的感覺～～欸，你去過國外嗎？」

「……啊～～以前有一次和家人去關島旅行。」

「咦～～真好～～！」

「我們到了機場，卻因為爸爸的護照過期了，最後沒有去成。」

「咦～～！那不是很糟糕嗎？」

「當時場面很火爆喔。父母在機場大吵一架，家姊還哭出來了。」

因為跟月愛聊家人的話題有點害羞，我就把家人的稱呼講得正式一點。

「啊～～可以體會……大家都太可憐了……」

「結果只去了東京都內的泳池，暑假就結束了。」

雖然這個結果不怎麼有趣，月愛仍被逗得哈哈大笑。

「所以你也沒出過日本嘛。」

如此說著的她看起來有點開心。

「人家求爸爸：『好想出國旅行喔。』他卻回答：『等妳蜜月旅行再去。』還說那只是花錢又麻煩的活動。他還真敢說耶～～」

蜜月旅行這個詞讓我心臟猛跳一下。接著月愛將臉向我湊近。

「……真希望以後有一天能一起去呢。」

那溫柔的聲音聽起來十分悅耳，逗得我心癢癢的。

「……嗯。」

我點了頭，由衷地如此期待。

「欸，龍斗想去哪裡？」

「唔～～……我沒有特別想去的地方，哪裡都可以……月、月愛呢？」

「人家喔～～想去歐洲！義大利或是法國之類？羅馬也不錯～～！」

「羅馬在義大利喔。」

「真假？那就以多數決定，選義大利～～！」

於是我們就以莫名其妙的理由決定了蜜月旅行的地點。

說到義大利——

「我記得維納斯城堡的設計好像就是重現義大利的街景？」

「咦，是嗎？」

「我不太清楚實際是如何……但印象中這裡有『真理之口』的複製品，所以就猜大概是這樣。」

以前和家人一起來的時候，我好像聽媽媽這麼說過。

「真理之口？」

「就是在《羅馬假期》這部老電影裡面出現過的圓形人臉雕刻……」

「啊～～人家最近有在電視廣告上看過！這裡有那個啊？」

月愛興奮得兩眼閃閃發光。

「好想看喔！趕快去找真理之口吧！」

於是我們查了一下館內地圖，朝真理之口的方向出發。

其實它就在大門的旁邊。因為大家都不會注意到，進門時往往就錯過了。真是可惜，它明明和原物很像耶（雖然我沒有實際看過原物就是了）。

「哇～～跟廣告裡的一模一樣！」

「聽說騙子把手伸進那張嘴，手就會被咬掉喔。」

當我這麼對興奮不已的月愛如此說明，她就露出微笑。

「那你就不用怕了。」

「咦？」

「因為你是『The Last Man』嘛。」

月愛說的應該是我們之前一起念書時學到的英文文法吧。

He is the last man to tell a lie.（他是一個誠實的人）

我很開心她對我是這麼想的，不過也感到有點不好意思。

「『The Last Man』聽、聽起來好像外國電影的名字呢。」

「哈哈哈，妮可也是這麼說喔～」

既然機會難得，我一邊碎碎唸著一邊將手伸進了真理之口。

「『這是對真理之口許下誓言，聲明將永遠愛著白河月愛的一位男子的故事……』」

在我伸出手時，月愛順便加上了這樣的旁白，讓我不禁笑了出來。

「妳說什麼嘛。」

「嘿嘿，很不錯的開場白吧？」

「『The Last Man』的開場白嗎？」

「對呀對呀。主角最好找李奧納多來演～～！之前人家在電視上看了《鐵達尼號》，最後哭得好慘呢～～」

「但是以李奧納多現在的年紀，演高中生未免太勉強了吧。」

「是喔～～？人家很少看電影，得估狗一下好萊塢有哪些年輕演員～～！」

「不用那麼麻煩啦。」

我們都是在聊一些很蠢的話題，不過和月愛在一起的時間實在讓人很愉快。

真希望能永遠和她在一起。

每次與她見面，我都強烈地如此盼望。

離開真理之口的展示區後，我們繼續在館內閒晃，在噴水池旁拍照，或是在廣場的露天咖啡座分著吃彩虹蛋糕。時間差不多時，我們回到了大門口。

「啊～～玩得好開心～～！我們做了一次義大利旅行的預習呢。」

牽著我的手走在旁邊的月愛一臉滿足的模樣。

「……雖然龍斗的媽媽和姊姊有點可憐。」

她突然這麼說。

「但是多虧了龍斗爸爸的不小心，我們又共同經歷了一個『第一次』呢。」

是指出國旅行的事啊。

「是、是啊……」

我們真的會去蜜月旅行嗎？那會是幾年以後的事？

我現在還無法想像那個畫面，不過光想就讓我感到害羞又幸福。

「謝謝你邀請人家參加生存遊戲。人家玩得很開心！而且還看到你帥氣的一面。」

「妳打贏和山名同學的槍戰時也很帥喔。」

「嘿嘿，沒想到妮可那麼強呢～～！」

「當她拿起步槍時就無敵了。」

「人家下次也拿步槍好了！」

聽到月愛這麼說，我疑惑了一下。

「妳還想玩生存遊戲啊？」

一想到她原來玩得這麼開心，邀請她的我也為此感到高興。

月愛活力十足地點了頭。

「嗯！不知道大家會不會還想玩呢～～？」

「我覺得阿伊和阿仁會很樂意。」

「小朱也迷上了生存遊戲，那麼之後就再邀今天這些人吧！下次得多找一些人，在團體戰中把妮可逼到劣勢才行～～……」

這時，月愛突然閉上了嘴。我望了她的臉，看到一張感慨萬千的表情。

「……怎麼了？」

當我吃驚地看著她，她就搖了搖頭。

「沒事。只是覺得有點開心。」

她的眼睛紅了，聲音也微微顫抖。

「和你交往後已經過了兩個月……快三個月了，可是我們接下來還能聊好多話，一起經歷各種『第一次』，定好多計畫……感覺好猛喔。人家幸福得快要哭了。」

當她說著這些的同時，眼睛滲出了晶瑩剔透的水珠。

「月愛……」

沒想到這樣的想法就讓她哭了。

不過考慮到她過去的戀愛對象，我就沒辦法說出「妳太誇張啦」這種話。

「……交往三個月的紀念日，妳打算怎麼過？那天是平日吧。妳有什麼想做的事嗎？」

我以開朗的聲音問了她，她卻發出「嗯～～」的沉吟聲，沒有什麼特別的反應。

她之前明明那麼在意紀念日，現在怎麼會這樣呢……該不會是因為她很期待驚喜，對於我事先詢問的做法生氣了吧——正當我感到慌張的時候。

「紀念日已經不重要了。」

月愛以確切的語氣這麼說。

「咦……」

她的臉上沒有怒意，不僅如此，看起來還十分愉快。

「只要能和龍斗在一起，人家就心滿意足了。」

她害羞地笑了，將臉輕輕貼在我的肩膀上。

「人家發現和龍斗在一起的每一天，對人家而言都是重要又特別的紀念日。」

「月愛……」

月愛抬起頭望向胸口發熱的我，隨即咧嘴一笑。

「所以，人家要脫離過紀念日的習慣！」

她快活的聲音響徹了整片挑高的天花板。

那張雀躍的笑臉看起來好耀眼。

讓我體會到：啊，我好喜歡妳。

好喜歡妳。

我好喜歡白河月愛，喜歡得無法自拔。

我絕對不會傷害這位世界上最棒的女孩子，我打從心底盼望能帶給她幸福。

但願這張笑容永遠不會凋零。

「……啊，不過——」

就在這時，月愛想起什麼似的說道。

「我們到時候還是來慶祝交往半週年紀念日吧！還有一週年也要！」

「結果妳根本沒有脫離那種習慣嘛。」

我邊笑邊吐槽。月愛則是發出「嘿嘿」的笑聲，像個小孩子般吐出舌頭。

照亮館內的人工天空在不知不覺間染成了暗紅色。雖然現實世界還不到傍晚，維納斯城堡似乎提早進入了夜晚。

手牽手的我們漫步的這條主要街道也隱約瀰漫著幾分比剛才冷清的氣息。

「你知道嗎？維納斯城堡快要歇業了喔。」

月愛的話讓我吃驚地望向身旁的她。

「咦，真假？」

那似乎不是玩笑話，月愛表情認真地點了頭。

「嗯。摩天輪和MEGAWEB也是，這一帶全都要結束營業了。」

「為什麼？」

「唔～～好像是叫都市更新？人家沒有記得很清楚，只是聽到的時候很震驚。」

「這樣啊……」

這些設施看起來明明還能使用，感覺好可惜……

「人家本來以為這麼美好、這麼夢幻的地方，過了十年、二十年仍然能理所當然般繼續存在。但實際上不是這樣呢。」

月愛以有些感傷的口吻低聲說道。

「就連站在這裡的我們，過了一百年後，所有人也一定都會消失。無論是那對情侶，還是那邊的家庭，大概都會不見。」

不知道為什麼，我突然有一種錯覺，月愛所望向的那群人輪廓變得宛如蒸騰熱氣般飄渺模糊。

「大家都會消失。遲早，所有人，一定。」

那並非自暴自棄的語氣，月愛的喃喃自語反而充滿一股憐愛之情。

「然而我卻還在自顧自地煩惱、難過。糾結這些事又有什麼意義呢？」

「…………」

她突然望著我，讓我一時之間不知道該怎麼回答。

如果白河月愛是一名只有無比開朗氣質的嗨咖美少女，或許我就不會迷上她了。

她和我完全不同。與她在一起時，她總能觸動我的情感，讓我感受到從未有過的情緒。

月愛將視線從什麼也沒說的我身上移開，注視著前方開口：

「所以人家還是當一輛跑車就好了。」

她的眼中閃爍著凜然的光芒。我感覺那是名為月愛的存在所散發出的生命光輝。

「活在當下，為了生存而生存。就像人家至今所做的一樣。」

月愛歌唱般輕快地說著，再次望向我。

「就算人家是這樣的人，你還是能愛著人家嗎？」

我覺得她好漂亮，不只是長相而已。

她的一切都是如此美麗，惹人憐愛。

「當、當然啦！」

受到她的氣勢震懾，我拚命點頭。為了不被她拋下，我必須很努力才能趕上她的步調。

「我這一生……只會喜歡月愛。」

說這種話很難為情，但仍然是我由衷的想法。

我以放在真理之口的手如此發誓，笨拙地握緊了牽著月愛的手。

第二・五章　露娜與妮可的長時電話

『辛苦啦～～露娜。』

「妮可也是打工辛苦了～～！」

『生存遊戲玩得好開心呢～～！』

「是呀～～！妮可的才能太恐怖了！」

『記得跟他們說我還想再玩喔。』

「啊～～人家已經跟龍斗說過了！不過真的很好笑，今天才剛玩過耶。」

『就是說啊～～！不過真的好痛快，壓力一口氣全都釋放掉了。』

「……不過妮可，妳那樣做好嗎？」

『嗯，什麼？』

「就是跟大家說學長的事。」

『啊～～沒問題啦，反正也沒打算隱瞞。我和妳或小朱不同，就算單身也沒有多少男生會來告白。』

「因為妮可看起來就像是會狠狠拒絕對方的人嘛。」

『才沒有那種事～～男生真的什麼都不懂呢。像小朱那種人才是一點慈悲心都沒有。』

「哈哈哈。」

『我明明只是個為情所傷的純潔少女耶。』

「……不過妳真的好厲害。已經三年，還是三年半了？還能繼續想著分手的男朋友。」

『很畸形吧。不過我真的喜歡學長嘛……』

「妮可……」

『……啊，「畸形的愛情」有押韻耶。應該算押韻吧？』

「討厭～～現在氣氛明明很嚴肅，不要搞笑啦～～妮可老師～～」

月愛一邊笑一邊從床上起身，朝書桌伸出手，拿起一個貼了好幾張大頭貼的筆筒。

她看著其中一張……寫有國中二年級時的日期，笑琉與她男朋友的大頭貼，微微瞇起眼睛，露出苦澀的微笑。

有時候，月愛看起來像比實際歲數更年長的成熟「女人」。那或許是因為她一直懷抱自己所說的「想早點成為大人」這種想法，也可能是來自她所累積的許多經驗。

平時天真無邪的她偶爾顯露出的成熟表情，每次都會使我感到驚訝，並且讓我更加為她著迷。

我好想早點追上月愛。

身為月愛的男朋友，我好想快點變成一個配得上她的男人。

然而精神年齡不是說提昇就能提昇的，努力也沒用。

既然如此，我能做的就只有盡量以各種方式提昇自己的能力。

——人家想生三個小孩。

回想起月愛的話，我的嘴角就不禁微微上揚，但心中也隨之萌生緊張的情緒。

我不是很清楚月愛畢業後的打算。但是以當下的社會狀況，如果我沒有考上有點名氣的大學，進入有點名氣的企業工作，領到穩定的薪水，要養三個小孩應該很困難吧？

習慣想太多的我除了在妄想的層面，對現實面也有許多想法。

於是我拿起了在暑期輔導時收到的補習班入學簡章。

「欸欸，龍斗！」

某天放學後，正當我打算和阿伊一起離開教室時，月愛走到我的身邊。

「下週六人家要和小朱在家裡做可朗芙，要不要來吃呀？」

「可、可朗什麼……？」

「就是可頌加鬆餅！聽說是韓國流行的甜點喔。剛才跟小朱說人家的家裡有奶奶以前買的鬆餅機，小朱就想到家裡做看看，還說她會帶材料過來。」

「哦……」

我不清楚可朗芙是什麼東西，但既然是月愛親手做的東西，我就非吃不可……然而當我想到這裡，突然驚覺某件事。

「啊……抱歉，我週六要上補習班。」

於是月愛也露出突然想到的表情。

「對喔，好像是從這週開始？」

「對。我今天準備去繳申請書。」

「這樣啊……那就改週日……啊，人家那天要和妮可去買東西。」

「嗯，不用勉強也沒關係。」

「可是……我們之後就不容易見到面了。」

月愛消沉地喃喃說著。

「沒、沒問題啦，我們每天都能在學校見面啊。」

雖然假日沒辦法見面有點可惜，但我也不想妨礙月愛的交友關係。

「嗯……」

月愛垂下肩膀，但仍對我露出微笑。

「好吧。補習要加油喔。」

「嗯，謝謝。」

「下次人家會盡量先空出週日的時間。」

「嗯……但是妳應該會想和山名同學一起去玩，不用勉強啦。」

以前我曾經聽月愛說過，山名同學經常在週六的白天打工，在週日外出遊玩。

「謝謝，人家會盡量。反正妮可有時候週日也會打工。」

月愛這麼說著，望向在我身旁跟石像一樣動也不動的阿伊。

「伊地知同學，不好意思讓你等那麼久。那再見嘍，龍斗！」

「嗯，明天見。」

我輕輕揮了揮手，阿伊也動作怪異地點了一下頭，石化解除了。

「唉……真羨慕你。」

當我們兩人離開教室後，阿伊如此嘀咕。

「谷北同學做的甜點啊……好想吃吃看喔……」

阿伊在那之後就經常提到谷北同學的名字。他大概喜歡上對方了，不過他本人以「才、才沒有那回事！」的回答否認。

處男真是難搞的生物。雖然我也是啦……

不過，我接下來要成為配得上月愛的男人，脫離處男之身。補習班就是為了達成這個目標的第一步。

雖然兩人相處的時間可能因此減少，讓我有點難受，不過我將利用這些時間多加努力，掌握光明的未來。

如此發憤圖強的我在走廊上和阿仁碰頭，三人一起走到車站。我再跟兩人道別，坐上往與自家反方向的電車。

我去的K補習班是一間知名的大型升大學補習班。我聽說就算不是升學主義的本校也有幾個學生從一年級就開始去那間補習班，所以在決定暑期補習班時，沒想太多就直接選了那裡。這種心態就和購買不熟悉類型的商品時，會挑選評論文章數量多，評價高的來買一樣。

抵達池袋車站後，我穿過人群從西側出入口回到地面。經過車站前，在充滿商辦區氣氛的街道上走了幾分鐘後，就能看到K補習班的大樓。

將父母簽名蓋章的入學申請書交給櫃檯人員，聽過工作人員的說明後，我就正式成為了K補習班的學生。

「唉……」

突然感受到自己成了考生，讓我有點壓力。從此之後，每週六我都得來上英文課了。因為我向校方表示打算將明星大學列入升學考量，就選了程度較高的課程，預習與複習看起來都不會輕鬆。而且升上三年級後，修習科目還會再增加……我踏著沉重的步伐往階梯的方向走去。

由於暑假時我也在這裡上課，很清楚這間補習班的樓層分布。我還不打算一下子就去位於地下室的自習室，而是先到頂樓的休息室。我打算喝點飲料，瀏覽一下補習班給的課本。

當我打開休息室的門，從兩面牆壁裝設玻璃窗的房間洩出的明亮燈光照得我有點刺眼。

在這個桌椅之間的距離擺得恰到好處的空間，人還不算太多，怕生的我鬆了口氣。

就在我環顧休息室，思考該坐在哪裡時……我的視線固定在某個地方。

「黑瀨同學……？」

那就是坐在窗邊桌子旁的黑瀨同學的側臉。

黑瀨同學不是一個人。她和幾位女生圍著桌子坐下，正一邊吃點心一邊談笑。除了黑瀨同學，其他女孩子都穿著水手服。

那是我從未在學校見過的黑瀨同學開心的模樣。

或許是感應到我的視線，只見黑瀨同學正要將臉轉往我這個方向，讓我不禁當場蹲下，鑽進桌子底下。

「……為什麼黑瀨同學會在這裡……？」

難道是追著我來的……？當我這麼思考時，馬上認定那是自我意識過剩而否定了這個念頭。按照那種和朋友相談甚歡的模樣，她們應該認識不只一兩天了。黑瀨同學毫無疑問比我早進入這間補習班。

「……怎麼辦？」

雖然我立刻躲了起來，不過之後怎麼辦？應該就此離開嗎？還是厚著臉皮向她打招呼：

「嗨，我也來上這間補習班嘍。」

從那件事之後……就是在第一學期的最後一天聊了關於那張相擁照片的話題之後，我就沒有再好好跟黑瀨同學說過話了。另一個主要原因是進入第二學期時，我們的座位分開，兩人不再有交集。而我之所以會下意識地躲起來，也是因為這段空白的時間造成雙方的關係很尷尬。

況且……

——可是……我們之後就不容易見到面了。

若是讓月愛感到寂寞，自己卻和黑瀨同學在補習班見面……女朋友不在身邊時，和不久前喜歡我……應該說曾經喜歡我的女孩子見面，我會隱約有種難以抹去的罪惡感。

「…………」

既然如此，我只好躲到底，完全不與黑瀨同學接觸。這是我對月愛的誠意。

做出結論後，我裝出身體不適的樣子，忍耐著難堪的模樣四肢著地溜出休息室。

從那天開始，一場若是在補習班撞見黑瀨同學就代表遊戲結束的生存遊戲開始了。

我所選的英文課程已經上過兩次，因此這部分必須靠看課堂錄影跟上進度。再加上我要與補習班工作人員商量志願學校的等級問題，剛開始我得勤快地去補習班。待在補習班裡以及走在前往補習班的路上，我一直不敢大意地觀察四周，尋找黑瀨同學的身影。

最讓我緊張的是待在自習室的時候。黑瀨同學是自習室的常客，每次過去她幾乎都在那裡。我必須先進入自習室，確認坐在位子上的黑瀨同學的位置，預測她出入自習室的動線，再暫時離席，請櫃檯人員重新分配一個不會碰到她的好位子。這個流程真的很麻煩。

就算我改去分館的自習大樓，依照日子不同或是在同一天裡的不同時段，黑瀨同學偶爾也會出現在那裡，我同樣得再辛苦一次。

不過辛苦是有收穫的。開始上補習班之後的兩週內，我勉強避開碰上黑瀨同學的情況，順利過著補習生活。

然而就在某個週六。當我上完第二次的英語課，事件就發生了。

在那天的課堂上，我碰巧答對講師的問題。因為太開心，便放鬆了對周圍的警戒。

在補習班的大樓裡，所有學生都得靠樓梯上下樓。如果在樓梯間撞見對方，基本上沒有地方可以躲。所以走樓梯時，我必須先待在樓梯間觀察行進方向的狀況，做好充分的警戒後再行動。

但就在那天，我有點發懶，覺得應該不會有問題就直接下樓了。這是我的一大失誤。

當我看到一頭眼熟的黑髮，心中暗叫不妙時，已經太遲了。黑瀨同學正好在樓梯間轉彎，朝我這邊走過來。

我瞬間轉過身去，然而雙方已經太過接近。我和黑瀨同學之間的距離只剩下一公尺又五十公分。

不行了。她要發現我了。

就在我這麼想的時候。

「嗨，這不是山田嗎！好久不見啦～～！」

突然有個人勾住我的脖子，將我的頭拉了過去。

「咦……？」

是一個陌生男生。

既然能從後方伸手勾住身高屬於平均值的我，說明對方的個子頗高，可能和阿伊差不多。不過他和阿伊不同，身材比較纖瘦。

不知道對方怎麼會搞錯人，但多虧他遮住了我的臉，讓我順利度過危機。

男生將我拉到他原本待的走廊上，而黑瀨同學那些人則是往上走去。她們應該是要去休息室吧。

確認這點之後，我戰戰兢兢地開口：

「……那個，我不是『山田』喔……」

「我知道。」

對方鬆開我的脖子，還給我自由。

「我在幫你耶。你不是差點被一直躲開的美少女看到嗎？」

男生嘴角上揚望向我。

是個帥哥。

不過他並非五官深邃的美型男子，雖然鼻子很高，眼睛是細長的單眼皮，嘴脣也很薄。最大的特徵是一頭厚重的黑髮，瀏海又厚又長，幾乎要蓋住眼睛，看起來十分惱人。

這就是所謂的氣質型帥哥。不過畢竟他仍然充滿帥哥的氣質，對我這種路人臉的邊緣人而言還是非常值得羨慕的對象……

「……咦，你剛剛說什麼？」

由於不小心看這位氣質型帥哥看得入神，我晚了一拍才聽懂他的話。

「你認識我嗎？」

男生對我的問題點了頭。

「最近兩三週常常看到你。你每次都在自習室躲避同一位美少女，那種可疑人士的舉動太顯眼啦。」

沒想到我躲避黑瀨同學的行動竟然會被其他人注意到……這讓我感到非常羞恥。

「所以那個女孩是你的什麼人？前女友？跟蹤狂？被發現會很糟糕嗎？」

「咦？不、不是啦……」

我和她的關係實在一言難盡，讓我不知該如何說起。男生見狀，再次將手搭在我的肩膀上。

「總之看起來好像很有意思，你就隨意說來聽聽吧。從早上就一直坐在自習室，我也想轉換一下心情。休息室那邊……那個女生很可能在裡面，我們隨便找間店待吧。」

「咦……咦？」

我完全跟不上他那種隨性的步調，但也不能對他救了自己脫離窘境的功勞視而不見。回過神時，我已經照他所說，邁開腳步朝補習班外頭走去。

「……哦，原來如此。你以前鼓起勇氣告白卻失敗的對象恰巧就是現任女友的妹妹。」

在附近的咖啡廳裡，聽完我解釋的男生一臉佩服地喃喃說著。

這個男生的名字是關家柊吾。他在K補習班念高中畢業生課程，也就是所謂的重考生。這些是他在我們來到這裡的路上告訴我的。

「所以你打算接下來怎麼辦？一直躲到大學考試結束嗎？」

被關家同學這麼一問，我支支吾吾地說不出話。

眼前這杯因為是最便宜的飲料才點的冰咖啡很苦，不合我的口味，實在喝不下去。但因為關家同學表示「這杯我幫你付」，自掏腰包請了我這杯咖啡，我得在離開之前喝完。

「我也覺得那種做法不夠實際，但現在……」

「那就改去其他分校上課吧？」

「應該沒必要做到那種程度啦……」

畢竟我們在學校時每天都在同一班，我覺得……如果只是為了躲避黑瀨同學就特地跑到離家或學校更遠的分校，未免太過頭了。

「一開始先打個招呼或許就沒事了。不過既然當初看到她就躲起來，之後也就不自覺地繼續躲下去……」

「為什麼？對現任女友的罪惡感？」

聽到關家同學的問題，我思考了一下。

「……我不想再害她感到不安了。」

我想起夏天時發生的事，老實地說出自己的想法。

「我很重視女朋友，所以打算不再和黑瀨同學……和女朋友的妹妹有兩人單獨的接觸，結果現在卻進了同一間補習班。我為了準備考試而減少與女朋友相處的時間，在這種情況下，如果被她知道黑瀨同學也在補習班裡，應該會讓她感到不安。」

是的。進補習班的時候，我根本沒料到黑瀨同學會出現在那裡……

「我曾經思考過，若是立場反過來……她去了補習班，那裡卻有她的前男友……而且我又得知了這件事……要我完全不在意是不可能的。」

「……原來如此。」

雙手抱胸聽完這一切的關家同學抬起頭這麼說道：

「那麼，暫時就只能一直躲了。我也來幫忙吧。」

「咦……」

我對他是很感激，不過他這句話說得太過自然，我一時擠不出道謝的話。

「我每天都會在池袋分校。如果看到那個女生，我會用ＬＩＮＥ通知你位置。告訴我你的ＩＤ吧。」

「啊，好……」

我照著他的話，迷迷糊糊地和這位初次見面的人交換了聯絡方式。這還是我第一次遇到這種狀況。

「咦～～什麼嘛，你的頭像不是用你女朋友的照片喔。」

關家同學看了一下我的帳號，發出遺憾的聲音。

「雖然你說她們兩人長得不像，不過既然是那個女生的姊姊，應該還是很可愛吧？沒有照片嗎？」

看到似乎喜好女色的關家同學那雙充滿好奇的眼睛，我不禁點了頭。

「沒有，我沒有。」

「騙人～～你這個悶騷色鬼。」

他嘴上這麼說，不過也沒有追著照片的相關話題繼續問下去。

「那我就去自習室了。你呢？」

「呃……啊，我也要過去。」

當我急著想喝掉幾乎還是全滿的冰咖啡時，坐在對面的關家同學朝玻璃杯伸出了手。

「你不喝的話就給我吧。我可是個咖啡因妖怪。」

「呃，咦？啊，好……」

只見關家同學避開吸管，直接將嘴湊到玻璃杯，咕嘟咕嘟地把冰咖啡當成啤酒灌下肚。

「如果整天都待在自習室，不管喝多少咖啡都會想睡。這半年來我喝太多咖啡，已經沒什麼效果了。」

關家同學放下只剩冰塊的玻璃杯，端起了餐盤。

「下次點你想喝的飲料吧，我會再請客。」

他隨口如此說道。仍然坐在椅子上的我急忙抓著書包站起身。

「謝、謝謝你。」

我覺得只會跟在別人身後哈腰點頭的自己實在有點難堪。相對地，年長的關家同學看起來既灑脫又成熟。

「不過呢～～雖然黑瀨同學?的事讓你很在意，在補習班最好還是集中精神念書喔。」

在我們前往自習室的路上，走在我身邊的關家同學這麼說著。

「畢竟當重考生沒有一丁點好處。我是說真的。」

這種話從實際在重考的人嘴裡說出來，分量就是格外不同。

「呃……我會加油的。」

「當個高二生真好，還可以有目標。如果當時也有人能提點我就好了……」

就在這時，關家同學胸前的口袋突然發出震動聲。關家同學從口袋裡拿出手機一看，隨即嘖了一聲。

「……怎麼了嗎？」

「高中同學。他說：『你真的不來今天的同學會嗎～～？』我怎麼可能去啊，混帳！」

他不屑地說著，將手機收回口袋。由於關家同學的東西似乎都放在自習室，他現在是兩手空空的狀態。

「畢業才過了半年，辦什麼同學會嘛。反正會去的八成都是腦袋空空，只想炫耀自己的大學生活有多麼精采的傢伙啦。」

糟糕。在咖啡廳時他明明看起來是個瀟灑成熟的男人，原來內心已經這麼扭曲了……重考真是可怕。

「啊！」

就在我們回到補習班大樓時，關家同學突然叫了一聲，縮起身體躲在我的背後。

「咦？關……」

「不要叫我的名字！站好別說話！」

「…………」

沒辦法，感到莫名其妙的我只好站著不動。

補習班的出入口走出幾位學生，從我旁邊經過。

「……呼～～」

接著關家同學才從我的後面出來。

「那是高中的學弟。看到經常裝模作樣的學長和自己進了同一間補習班重考，他們會覺得我很遜吧？」

「呃……」

我覺得這種閃躲方式比較遜，卻說不出口。

……啊，難道——

正因為他自己就是過著這種躲躲藏藏的生活，才會注意到我在躲黑瀨同學嗎？

「哎呀，這次是在室外，所以躲在東西後面，不過在室內時確認動線很重要喔。啊，和助教打好關係也是必要的。像佐藤就很親切，去櫃檯時還會告訴我『穿A校制服的人朝休息室過去了～』。」

看著得意洋洋地暢談經驗的關家同學，我不禁在心裡暗自嘀咕：「重考好可怕……」

◇

現在我的補習生活算是漸漸步上軌道，有部分原因也是遇到了關家同學。

另一方面，在學校的生活則是有了新的話題。

「接下來就請大家選出五名校慶的執行委員～」

在九月最後一次班會上，站在黑板前的班會代表如此說道。

「自願擔任的人請舉手～！」

本校的校慶是辦在包含十一月上旬的節日那幾天。

去年也是如此。不過因為執行委員雖然任期不長，工作卻很忙，私人生活充實的嗨咖們都沒什麼興趣。

「我有社團活動，不能當喔。」

「人家也是……」

「……有、有沒有人想當啊？一定會很好玩喔。」

回家社的邊緣人也因為太自閉，不想做那種醒目的工作而紛紛像貝殼一樣閉緊了嘴。

第一年當導師的女老師焦急地這麼說，然而教室裡一片鴉雀無聲。

「…………」

大家都屏住呼吸盯著桌子，不敢和老師與班級代表對上眼。

「這種情況，一開始沒有人舉手，之後就很難舉手了……」

「對啊對啊。如果至少有一個人自願報名，那就輕鬆多了……」

就在台下出現這樣的竊竊私語，大家開始側眼觀察彼此的時候。

「……我自願。」

隨著一道微弱的聲音，一隻白皙的手怯生生地舉了起來。

是黑瀨同學。她害羞得臉頰飛紅，舉起的手也因為緊張而不停顫抖。

「謝謝妳，黑瀨同學。」

老師以帶著幾分鬆了口氣的口吻這麼說了。

「妳幫了大忙喔～～黑瀨同學。」

班級代表也很開心。

黑瀨同學望著兩人，也露出開心又羞澀的神情。

黑瀨同學……

我想起她在補習班被朋友圍繞的模樣。

或許她其實是個有許多朋友的女孩子，然而轉學後卻立刻發生那種事……她散播中傷月愛的謠言，讓同學們都對她敬而遠之。

她應該很寂寞吧。難道就是因為這樣，她才會主動報名，希望得到大家的感謝……？

不對，她或許真的只是純粹想當執行委員，但我就是會不由得往那個方向猜測。

「還有其他人自願嗎？」

就在班級代表對教室裡其他人這麼問的時候。

「有，人家要當～～！」

這個聲音讓我驚訝地轉過頭去，正好看到月愛以幾乎要站起身的氣勢把手舉得高高的。

月愛打算當執行委員……？

「啊，既然露娜要當，那人家也要～～！」

我還在驚訝，谷北同學也跟著舉起手。

我順便瞥了山名同學一眼，她卻看著自己的指甲，一臉興味索然的模樣。應該是有打工的關係，讓她沒空參加吧。

此時，山名同學斜前方座位的阿伊引起我的注意。

阿伊的表情非常驚人，看起來很苦悶，又像在懊惱……臉上一陣紅一陣青，一個人在那邊玩起了變臉遊戲。

我突然明白了。

是谷北同學的關係。因為谷北同學報名參加，讓他也想舉起手，卻拿不出勇氣而煩惱不已。

就在這個時候。

「欸，龍斗！龍斗你也來參加嘛！」

我朝聲音的方向望去，只見月愛正以興奮期待的眼神看著我。

看到她的模樣，讓我回想起來。

——人家想和海愛做朋友。

——咦！

——從正面進攻也只會被拒絕。我們不是同班同學嗎？學校的同學們不知道我們的關

係。所以，當人家強硬地表示「我們做朋友吧」的時候，海愛應該也無法置之不理吧？

——妳的意思是向大家隱瞞姊妹的關係，純粹以同班同學的身分和她交朋友嗎……？

——嗯。人家希望龍斗在旁邊支援。

她打算執行那個計畫嗎？

我沒想到她這麼快就付諸行動。

不過……

——等到秋天過去，冬天開始的時候……人家希望能再次待在海愛身旁。希望還能和海愛一起在暖桌裡一邊看電視，一邊分享papi●（註：papico，日本的棒棒冰。一包兩支裝，可拆開讓兩人食用）。

仔細想想，九月也快結束了。對月愛而言，現在或許就是展開行動的好機會。

「那、那麼……我也參加。」

當被同學們集中注視而心神不寧的我這麼回答，周遭就傳來挖苦的聲音。

「拜託別用執行委員的工作來打情罵俏啦～～」

雖然他們嘴上這麼說，因為名額快要湊齊了，大家都露出鬆口氣的表情。

「還差一人，有誰要自願嗎～～？」

班代環視教室這麼說著，我則繼續舉著手表示：

「那、那個！」

因為受到眾人注目的我太害羞，說出來的話嚴重走音。我感到更加羞恥，只能拚命把話擠出喉嚨。

「……我、我建議……另一個人可以找伊、伊地知同學……」

「咦？」

不知道是不是沒想到會連續聽到邊緣人的名字，班代看起來很驚訝。

「可以嗎？伊地知同學……？」

也許是懷疑我在捉弄阿伊，班代露出狐疑的眼神。而阿伊則是慌張地點頭。

「可以……！」

他以不符高大身材的微弱聲音開心地回答。

校慶執行委員是由一年級與二年級兩個學年，每班招募的五名學生組成。由於一個學年有五個班級，總人數為五十人。這些人會被分配到接待組與總務組之類的職務，在直到校慶當天的這段期間處理所屬職務的工作。

由於當天放學後就會分配每個人的負責職務，阿伊顯得很興奮。

「你這傢伙真是的，不敢一個人當執行委員嗎？實在拿你沒辦法～～」

阿伊好像以為我之所以推薦他，是為了拉一個邊緣人朋友作伴。如果告訴他實際原因是要幫他一把，讓他能和谷北同學在一起，他八成會生氣地說：「我、我才沒有那個意思咧～～！」只好就當成是那麼回事了。

放學後，在借來開會分配職務的化學教室裡，執行委員各自隨便找了位子坐下。我和阿伊坐在一起，前面是月愛與谷北同學。而黑瀨同學則是獨自一人坐在離我們有點遠的後面。

「那麼就來分配職務組別吧。麻煩有志願職務的人舉手。」

被提名為執行委員長的同年級其他班同學說明職務內容之後如此宣布。

「我們從名額少的開始決定。首先是手冊組三人。這部分將由二年級生負責。」

按照剛才的說明，手冊組的工作是製作印有校慶流程表與學校場地圖等資訊的導覽手冊。這項工作似乎必須一邊與印刷廠溝通一邊進行。因為幾乎都是沿用前一年的基本設計，內容並不會太困難，適合擅長寫文章或對出版業有興趣的人擔任。再加上名額也不多，就在我心想這個工作與自己無關的時候——

「……只有一個志願者嗎？」

我注意到委員長望向我的後面，轉過頭去才發現黑瀨同學默默地舉著手。

「……！」

和我一樣回頭看的月愛隨即將頭轉向前方，舉起了手。

「人家要當、人家要當！」

接著她再轉向我。

「龍斗……」

那是哀求的眼神。她果然打算執行那個計畫。

「……還、還有我。」

所以我也舉起了手。

「好，那麼這三個空缺就這樣決定了。」

委員長的話音一落，我、月愛與黑瀨同學就被指定為僅有三人的手冊組人員……這下子該怎麼辦才好啊！

光想就讓我冷汗直流。

「咦～～？露娜不是說要和人家一起嗎？」

「抱、抱歉～～突然想做文宣……」

被放鴿子的谷北同學不滿地抗議，月愛只能苦笑著找藉口解釋。

這時，我突然在意起後面的狀況，於是回過頭。

「……！」

剛好與黑瀨同學對上視線。她立刻撇開臉，紅著臉露出大受動搖的模樣。

這也不奇怪……站在黑瀨同學的角度來看，不應該發生這種事才對。

在那之後，眾人繼續決定了各項職務。阿伊和谷北同學一樣成為場地布置組成員，那是負責在校門前裝設拱門，裝飾走廊與體育館的職務。雖然這項職務有一年級生參與，人數眾多，如果能一起進行作業，應該多少有聊天的機會吧。

「那麼就請各組的人自行帶開，做一下自我介紹，今天的會就可以結束了。校慶準備工作的具體內容與時程表過幾天將由各組的負責老師說明。」

委員長說完，眾人便起身緩緩開始移動。

「總務在這裡～～！」

「布置場地的請到這邊集合～～！」

我和月愛沒有理會其他對彼此呼喊的學生，互相使了個眼色後默默走到教室後方。

我們只有三個人，沒必要大聲吆喝尋人。

接著，我和月愛來到黑瀨同學的面前。

「…………」

現場的三人……連主動製造這個狀況的月愛也掩飾不了臉上的尷尬。

根本不需自我介紹。我們三人不僅知道彼此的長相與姓名，連其他情報都一清二楚。在形成正三角形的位置上，三人你看著我，我看著你，誰也沒有說話。

「……請多多指教喔。」

最先開口的是月愛。即使感到尷尬，她的嘴角仍然露出了笑意。

「請多指教……」

我擔心若是再不說些什麼會沒完沒了，也跟著打了招呼。

黑瀨同學垂著頭，一手緊抓著另一隻手肘。接著她抬起臉，瞄了我們一眼後又撇開臉，輕聲說了一句：

「……指教……」

於是，月愛這個前途多舛的「朋友計畫」就此拉開序幕。

◇

狀況變得有點麻煩。雖然原本就已經很麻煩，我與黑瀨同學的關係如今變得更加複雜。

在補習班時，我仍然過著躲避黑瀨同學的日子。

「嗨，山田。」

週六上午，當我在自習室做範圍到今天所教課程的作業時，關家同學跑來我的座位前打招呼。

我姑且有告訴他自己的本名，不過他以「被那個女生聽到會有危險吧」為由，繼續稱呼我為「山田」。還曾經因為關家同學在櫃檯人員面前向我搭話，讓認識我的櫃檯人員多看了我一眼。

除了這件事，我的生活倒是沒受到什麼影響。

「你還沒吃午餐吧？要不要一起吃飯？」

「……我還要十分鐘才會結束。」

「ＯＫ，我先走了。」

關家同學說完便離開自習室。我們雙方都過著必須躲開特定人物的生活，現在對他一定是最適合吃飯的時間點吧。

我感覺關家同學其實很關心我，不過因為他本人散發出一種不拘小節的氣質，所以就算他對我這種人給予關懷，我仍然能輕鬆地與他相處。我從來沒想過，因為難以應付學長學弟關係而沒有加入社團的自己，竟然可以像這樣毫無芥蒂地與大兩歲的帥哥交談。

關家同學還告訴我挑選教室座位的訣竅與適合向講師提問的時機。毫無疑問地，就是多虧了他，我才能過著舒適的補習班生活，因此我很珍惜這段友情。

「所以你怎麼啦？」

在我們進入的家庭餐廳型的拉麵店裡，坐在桌子對面的關家同學如此提問。

「咦？」

「你剛才在自習室嘆氣吧。又是『黑瀨同學』的事嗎？」

「…………」

「說說看吧，說出來會比較輕鬆喔。我自認很會傾聽別人關於女性關係的煩惱。」

我猶豫了一下，但是他的態度讓我有點惱怒，最後還是沒有老實承認。

「……不是，只是覺得英文作業滿難的。」

「是嗎？要不要我來教你？你才高二，別那麼拚命啦。」

「喔。」

我就是不想變成你這樣才拚命努力……這真心話太傷人了，還是別說出口比較好。

「……關家同學為什麼會重考？」

我突然在意起這件事，於是在等拉麵上桌的時候問了一下。

關家同學發出「啊～～」的聲音，掩面回答：

「這還用問？當然是高三時考試考砸啦。」

是這樣說沒錯啦，但我想問的是有沒有什麼內情。

「高中時有點太沉迷跟女生玩了……沒時間讀書……」

「哇啊……」

這傢伙是嗨咖，是現充啊……正當我感到傻眼的時候，關家同學慌張地揮著手。

「不是啦。都是因為我一直到國中之前都是沒跟女孩子交往過的邊緣人，高中時卻突然受到女生歡迎。這樣一來，當然會得意忘形地成天都在玩吧？」

「咦～～……」

這種事有可能嗎？難道他不是一直都很有女人緣，一直都在玩嗎？

被我的狐疑視線盯著看的關家同學滑了一下手機，將螢幕拿給我看。

「你看，這是國三時的我。」

畫面上出現的是一位穿著運動服的國中男生。他留著幾乎是平頭的短髮，與關家同學現在給人的印象完全不同，感覺像個眼神凶惡的鄉下國中生。只靠髮型竟然能讓人有這麼大的改變啊。

「看起來就是一副女生不會喜歡的樣子，對不對？」

「話說你竟然會隨隨便便就把自己不帥時的照片拿給別人看……」

有點做作耶……我把後面的話吞回肚裡，關家同學則是笑著回答：「不是啦不是啦。」

「這是打贏區域大賽時的照片，我才設定成我的最愛。畢竟這可是我的人生中最光榮的時刻。」

「大賽？你有在運動啊？」

聽到我的問題，關家同學笑了出來。

「哎呀，桌球！我手上不是拿著球拍！你對我是多沒有興趣啦！」

關家同學的語氣粗魯，但因為他露出笑容，低沉的聲音也討人喜歡，就算被他罵了也完全不會感到不舒服。再加上那副容貌，難怪會受到女生歡迎。

「……不過既然你桌球這麼強，在改變形象之前應該就有些女人緣了吧？」

「對社團的學妹是這樣啦。」

「我就說吧。」

看到我因為他敢自稱「邊緣人」而更想白他一眼，關家同學又笑了。

「只有一個人啦。我跟某個當社團經理的女生很要好，畢業時雙方氣氛不錯就開始交往。之後那個女生建議：『要不要換個髮型？』剛好社團活動結束了，我就開始留長……」

「這就是高中改頭換面吧。」

「一點也沒錯。」

「那麼，你跟那個女生後來怎麼了？」

關家同學垂下視線，沒有回答。

「你該不會……」

到處花心留情，狠狠玩弄對方後把她甩掉……被我用這種責備的眼神注視的關家同學急忙開口：

「不是啦，我沒有用那麼過分的方式分手……不過……對她而言……確實很過分……」

關家同學說完就陷入了沉默。看來他心中對那個女生仍有些遺憾。

這時剛好拉麵送上桌，我們就結束了這個話題。

無論有沒有和關家同學商量，現實是我根本沒辦法解決黑瀨同學的問題。

總而言之，現在只能努力別在補習班被黑瀨同學看到，並且在盡可能的範圍裡協助月愛的「朋友計畫」。

進入十月之後，執行委員的活動就正式開始了。

手冊組的主要工作是請打算推出活動的社團或班級，還有老師與執行委員長等人撰寫稿件，在期限之前將收集來的稿件匯集成冊。學校場地圖與前言頁已經有基本雛形，但排版與封面都是自由設計，可以用來發揮當年學生的個性。

校慶每年都有主題，今年是「For the future」。要如何將概念化為設計，全是手冊組成員的自由。

首先得由三位小組成員進行溝通，決定導覽手冊的製作方向。

因此在某天放學後，我們三人向學校借了一間會議室，在桌子前開起會。

「…………」

從剛才開始，月愛就露出坐立不安的樣子偷瞄坐在對面的黑瀨同學。黑瀨同學則是翻閱桌上用來當參考的歷年導覽手冊。

我和月愛這時坐在長方形桌子的一邊，黑瀨同學則是坐在桌子對面。

過了一段時間，月愛下定決心似的打破沉默：

「妳過得好嗎，海愛？」

黑瀨同學的肩膀顫了一下，維持攤開手冊的姿勢望向月愛。

「……嗯。」

她帶著僵硬的表情，稍微縮了縮下巴點頭。

這好像是我第一次看到這對姊妹面對面直接交流的畫面。

「妳最近有在做什麼事嗎？」

「哪有什麼事……就沒什麼特別的。」

「不是那個意思，是問興趣之類的。」

黑瀨同學不友善的回答讓月愛有點慌地繼續問下去。

「興趣？……我有在看網路影片就是了。」

「這樣啊！啊，欸，妳有沒有看辣妹高新出的試跳影片？搞不好比派對咖有趣喔！」

「……蛤？妳在說什麼？那是哪國的話？」

「…………」

好不容易提供了話題，卻被對方冷冷地回應，讓月愛露出消沉的模樣。

人家扣ＨＰ了，想休息一回合……看到臉上彷彿這麼寫的月愛，我怯生生地開口。

「……那麼，黑瀨同學是看什麼樣的影片呢？」

黑瀨同學望著向她搭話的我，露出感到意外的表情。不過她還是想了一下後回答：

「……我常看玩遊戲的實況。」

「咦？」

「哪種遊戲的？」

聽到這句話，我大吃一驚。

「大部分是恐怖遊戲吧……最常看的是『奇諾。』和『Gatchamen』。」

「哦，我知道。我也常看《惡靈孤堡》之類的遊戲實況。那些人都玩得很厲害呢。」

由於那些都是知名人物，當我喜歡的遊戲發售之後就會找他們的實況影片來看。

「真的嗎？就算玩得不好，只要是恐怖遊戲的實況我都會看。還有知名藝人的實況也意外有趣呢。你看過苅野榮光嗎？」

「啊，沒有。雖然我知道他很紅，這樣聽起來確實很有趣。下次找來看看。」

好開心。我第一次和喜歡看遊戲實況的女生聊天。沒想到黑瀨同學竟然有這種嗜好。

「我偶爾也會依心情找一些恐怖遊戲之外的遊戲實況，知名實況主應該差不多都看過一輪了。」

聽到這句話，我不禁開口問道：

「那妳知道KEN嗎？我很喜歡他……」

「啊～～那是前職業玩家吧？我喜歡《第六人格》和《人狼裁決》，所以有看過。只是他最近都沒有出這兩款的影片，就沒在看了。」

「沒有啦，他現在偶爾還是會放人狼的影片喔！」

「真的嗎？那我偶爾看一下吧。」

「話說，妳有看過《六十人脈塊》嗎？」

「我不喜歡粉絲參加型活動的影片。那種只有小圈子裡的人才能看得開心的實況太無聊了，無法接受。」

「沒有那回事啦！說話的基本上都是KEN，只要看下去就能越來越了解出場粉絲的個性，漸漸感受到樂趣喔。」

「就算那樣好了，又該從哪裡開始看才好？」

「從哪裡都可以，不過我推薦的是……」

這時我突然想起月愛的存在，緊急回過神來。

我望向月愛。果不其然，她露出瞠目結舌的驚訝表情。

糟糕。我本來打算協助月愛與黑瀨的「朋友計畫」，卻丟著月愛不管，自己聊得那麼高興。

「……那、那麼我們差不多該進入分組活動的正題了……」

感到尷尬的我趕緊切換話題。之後我們便開始一步步討論導覽手冊的製作。

得知黑瀨同學竟然有這麼宅的興趣，讓我頗為意外。雖然我對她只有國中時期高材生型美少女的印象，而且她吸引我的地方也只有長相，所以不知道這件事也是理所當然。

不曉得月愛的「朋友計畫」有沒有進展，不過經過這番閒聊，導覽手冊製作的討論看來算是順利開始了。

「接下來差不多該決定整體設計的核心概念。」

在第二輪的討論中，我先開口提出這點。

「嗯～～要做的話，人家想弄得可愛一點。畢竟是難得的慶典，就該有閃閃亮亮的華麗感！封面也要做成粉紅色，再加上亮片～～」

月愛露出閃閃發亮的眼神這麼說著，但黑瀨同學微傾著頭說：

「我覺得那樣會有問題，校慶也不是只有女生參加。採用男生和家長拿在手上也不會不好意思，單色調之類的典雅風格設計比較好。既然主題是『For the future』，就應該瞻望未來，營造出成熟風格。」

「咦～～……可是既然人家現在是女高中生，可愛一點有什麼關係……妳想嘛，就是『我們有光明的未來～～』那種感覺……不行嗎？」

月愛有些不滿，但既然她打算執行「朋友計畫」，也就不方便對妹妹做出強硬的反駁，只好朝我露出求助的眼神。

「……龍斗你怎麼看？」

「嗚……」

這下子傷腦筋了。

要說哪裡傷腦筋，就是我的期望絕對偏向黑瀨同學那邊。

但如果不站在女朋友這方，反而支持害我和女朋友吵架的女朋友的妹妹……我覺得這是身為一個男朋友不該做出的行為。

「……呃，我想想，妳、妳們覺得取雙方意見的中間值好不好？」

我經過苦思之後想出的提議卻讓月愛與黑瀨同學兩人瞬間板起臉。

「那是什麼意思？」

「所以具體來說是什麼樣的設計？」

「這、這個嘛……」

我拚命轉動腦筋。

「黑白色調的典雅風格？裡頭再加點粉紅色的亮片……」

「你在亂說什麼。設計概念都亂掉了，看起來反而很俗氣耶。」

黑瀨同學一口回絕我的提議。

不過依照這種情況，她對我應該已經沒有意思……我有點失落，但這樣就可以了。

到了最後，我們這天仍然沒有對導覽手冊的設計概念達成共識。

「交流還不夠充分。你們三人應該仔細談一談，在下次開會前先把意見彙整起來。」

一位四十歲上下，多年來負責指導手冊組，具有豐富經驗的老師過來看了我們的狀況後，留下這段評語就回去了。

「…………」

交流不夠充分啊……

老師說得沒錯。畢竟我們這組有雖然是姊妹，卻已經好幾年沒有正常交談的兩個人嘛。

「唉……」

月愛嘆了口氣，似乎對打算和黑瀨同學建立良好關係卻白忙一場的自己感到不耐。

接著她偷偷瞄了幾眼收拾歷年手冊準備離開的黑瀨同學，擠出彷彿在激勵自己的笑容。

「欸，海愛。」

黑瀨同學停下整理的手，望向月愛。

「海愛妳要不要看教化妝的影片？妳聽過關本美里嗎？人家想買新上市的化妝品時常常參考她的分享喔。」

「不想看，沒聽過。我又沒有在化妝。」

又被一口回絕了。

「…………」

一定是月愛聽到黑瀨同學表示自己有看網路影片的嗜好，於是試著用她的方式向對方示好，結果卻吃了一場大敗仗……就在我為月愛感到可憐的時候，黑瀨同學改變了想法似的說：「啊，不過呢……」

月愛彷彿重新燃起希望，表情亮了起來。

「玩角色扮演的時候，或許可以稍微當個參考。」

露出開心表情的月愛臉上再次浮現疑惑的神色。

「咦，角色扮演？海愛，妳有在玩角色扮演？」

「嗯。會扮喜歡的遊戲角色之類，看心情啦。因為我沒有一起玩角色扮演的朋友，只是在家ｃｏｓ順便自拍的自我滿足ｃｏｓｅｒ啦。」

「在、在家ｃｏｓ……？ｃｏｓｅｒ……？」

「妳看，就是這種。」

黑瀨同學將自己的手機畫面拿給困惑到極點的月愛看。

坐在月愛旁邊的我也看到了畫面，小聲地發出「啊！」的聲音。

「這是《第六人格》的園丁？」

黑瀨同學隨即兩眼閃閃發光地點頭。

「對，我很喜歡悠瑪喔。」

「這套衣服是妳自己做的？跟遊戲裡的一樣耶。」

「不是，是我在跳蚤市場ＡＰＰ上用兩千圓買的二手衣。很可愛吧？悠瑪的所有衣服裡，這套是我最喜歡的～～」

「不錯耶，雖然眼睛應該沒辦法換成鈕釦。」

「也有裝上鈕釦眼睛的照片喔～～你看。」

「哇，好厲害！太完美了，就像遊戲角色直接變成真人呢。」

看到她拿給我的另一張照片，我不由得如此感嘆。

「如果把這張放到推特上，應該會爆紅吧？」

「咦～～不要啦，那太害羞了。」

「完成度明明這麼高，會不會太可惜了？」

「不要啦。」

紅著臉的黑瀨同學害羞地回答，讓我心動了一下，但立刻回過神。

我又把月愛丟在一邊了。

月愛愣愣地張大了嘴，望著我和黑瀨同學。當她和我對上視線時，臉上多了幾分鬧彆扭的表情。

她嫉妒了耶……好可愛。我心中這麼想，卻也不能讓這種狀況一直持續下去。

「總、總而言之今天就先回家吧。」

於是月愛的「朋友計畫」不僅沒有進展，還因為我朝著負面的方向發展，陷入進退兩難的局面。

◇

這段期間的某個週日，校慶執行委員們辦了一場聯歡會。

其他組別與在校慶一週前工作就幾乎結束的手冊組不同，大部分人都是在校慶當天最忙。這場聯歡會的目的就是在正式開始忙碌之前，幫助執行委員們不分學年增進感情，讓他們在當天的合作能順暢地進行。

不過這只是名義上的目的，實際上八成只是那些嗨咖執行委員想聚一聚玩一下而已。

聯歡會辦在澀谷的某間卡拉ＯＫ店的派對廳。眾人在上午十點集合後，嗨咖們就開始吃吃喝喝炒熱氣氛，還唱起了卡拉ＯＫ。而我和阿伊在一旁聊著ＫＥＮ的話題，月愛則是和谷北同學與其他班的女孩子開開心心地有說有笑。

令人意外的是，這場聯歡會是自由參加，黑瀨同學仍然來了。不過她與有時向她搭話的男生女生交談幾回合，大多時間是一個人靜靜地坐著。

在從頭到尾都熱鬧非凡的氣氛中，約三個小時的聯歡會結束了。由於阿伊很想來（大概是為了和谷北同學待在同一個空間），我才決定參加。但這果然不是邊緣人該來的地方……感到有點疲倦的我走出了卡拉ＯＫ店。

就在這時，月愛突然找我搭話。

「聽說續攤要去薩●亞耶。人家和小朱打算過去，龍斗你呢？」

「啊～～我要走了。還得準備補習班的功課……」

下週六的課堂上會有第一次的小考。若是小考成績不好，寒假時就不能選高級英文課。所以我得努力念書才行。

「這樣啊，那就明天見嘍。念書要加油喔。」

「嗯，謝謝。」

我揮了揮手，月愛則是和谷北同學她們往坡道上走去。

就在這時，離我有點距離的阿伊走回我的旁邊。

「……我也要回家了……」

「啊，嗯……」

阿伊露出依依不捨的表情。他對谷北同學很有意思，但是身處於應該會分成幾組入座的家庭餐廳，想必需要更高超的交流能力，所以他才沒有參加的自信吧。

我偷偷確認了一下，黑瀨同學看起來也沒有要跟著家庭餐廳組走的意思。不知道她是打算回家，還是去自習室……

其實按照預定計畫，我也準備去自習室念書，才把課本與文具都帶出門。若是在自己家裡，無論如何都會想上網看影片，無法集中精神念書。

倘若黑瀨同學也打算前往自習室，我就必須在從這裡到池袋的路上繃緊神經，還會與她在同一時間抵達自習室。各方面來說都很危險。

雖然也是可以利用K補習班其他分校的自習室，然而根據關家同學所言，每個分校的自習室風氣都不同，還有各自不成文的規定，讓我打消了這個念頭。

若是去咖啡廳，也有可能挑到環境不好的店。就在我思考有什麼地方可供念書又免費且安靜時……我想到了圖書館。

我立刻拿起手機查詢，發現廣尾有座都立圖書館，從澀谷搭電車十分鐘左右就到了。於是我和阿伊道別之後，動身前往那裡看看。

都立中央圖書館位於有栖川紀念公園。公園幅員遼闊，綠意盎然，而且地形還有高低差，感覺有點像在山裡。一邊望著像是普通公園裡也有的遊樂設施以及充滿日本庭園風情的水池，一邊爬上階梯後，就能看到近代風格的圖書館建築。

這一帶遠離方才澀谷的喧囂，顯得十分寧靜。如此一來就讓人充滿期待，可以好好在這裡集中精神。

因為我其實不是東京的居民，入館時還有點忐忑不安。不過館方只看了入館證就放我進去，讓我鬆了口氣。

在各樓層閱覽室裡，窗邊都以適當間隔擺了一整排可供多人入座的長桌。我想著在公園綠意的陪襯下讀書是很舒服的事，一邊走向空著的位子。

在閱覽席上明目張膽地準備考試會讓我不太好意思，因此我拿了一本假裝要讀的書，坐在窗邊的位子上。雖然桌子對面有人放了物品占位，但窗邊的位子也只剩下這裡了。就在我暗自期盼對方不要回座位，並攤開課本開始準備功課的時候。

「啊……」

突然傳來一個微小的聲音，讓我抬起視線。

然後瞪大了眼睛。

「……黑瀨同學……？」

出現在眼前的是和我一樣抱著書準備就座，也露出難以置信的眼神的黑瀨同學。

「妳、妳怎麼會在這裡？」

聽到我這麼問，黑瀨同學連忙開口。

「我打算念書……而且期中考也快到了。」

「這、這樣啊……我也是。」

這麼說來，下週就是期中考，已經不是只顧著準備補習班課業的時候了。

話說，如果被她看到K補習班的課本，不但我去K補習班的事會曝光，和她在同一間分校的事被發現也只是時間的問題。想到這裡，我就挪了一下筆記本，若無其事地遮住課本。

我姑且也有帶學校的教科書，今天就先準備期中考吧……

不過……就算如此，為什麼——

「為什麼黑瀨同學會在這裡……」

鄰座的大叔清了一下喉嚨，我只好閉上嘴。

總之念書吧。事到如今再換位子也很不自然。

雖然我仍然在意坐在對面的黑瀨同學，然而回歸寧靜的環境能讓人提昇注意力。在這之後我念了一個半小時的書。

「……加島同學。」

斜後方傳來一道聲音。我回頭望去，看到黑瀨同學不知何時站在那裡。對面桌上的書與筆記本則是擺得整整齊齊。

「我打算去餐廳休息。你方便的話，要不要一起去？」

「呃……好、好啊。」

畢竟待在這裡也沒辦法低聲交談。既然她都開口邀請了，況且我們都是手冊組的成員，喝個飲料應該不為過……於是我站起身。

五樓的餐廳和閱覽席一樣，是個裝設了大片窗戶的舒適空間。我們在窗邊的桌子面對面坐下，稍微喘口氣。

黑瀨同學點了美式熱狗。

「剛才卡拉ＯＫ那裡能吃的東西太少了。」

她這麼說著，大大地張開那張小嘴，將熱狗塞進嘴裡。

她的確很可愛呢——我這麼想著。

黑瀨同學今天穿著粉紅直條紋背心裙，底下的襯衫領子又寬又大，還有蕾絲花邊，非常有女孩子的感覺。既然月愛和她是雙胞胎，一定也很適合這樣的衣服。真想看她穿成這樣。

「食物那麼少，男生們又一直吃，結果我幾乎都沒吃到。」

「抱歉……」

雖然我不是埋頭猛吃的人，還是代表男生向她道歉。

「加島同學沒有吃多少吧？」

黑瀨同學抬起垂下的視線，呵呵笑了。

「證據就是你現在也在吃。」

黑瀨同學指著我面前的盤子。她說得沒錯，我肚子也有點餓，所以點了炸薯條來吃。

「…………」

這好像是我第一次看到黑瀨同學自然流露的笑容。雖然國中時看到的那種做作笑容也很可愛，現在這種笑容比較讓人感到舒服。

她之所以像這樣對我展現不加矯飾的自我，應該就是已經確實放下對我的感情吧。若是如此，那就太好了……

我應該跟月愛報告今天在圖書館遇到黑瀨同學嗎？說出來應該沒關係吧。畢竟我們之間又沒發生什麼曖昧的事。

當我在腦中想東想西而陷入沉默時，黑瀨同學再次開口：

「你常來這間圖書館嗎？」

「呃，沒有……」

我搖了搖頭。

「今天是第一次，上網查過才知道這裡。黑瀨同學呢？」

「我在讀前一所學校時常來。只隔一站而已。」

「真假？妳之前待的學校在很不得了的地方呢……」

那間學校不但位於港區，還建在這種大使館林立的土地上耶。

「該不會是貴族女校？」

「對。」

黑瀨同學對我的問題乾脆地點頭，將吃完的熱狗竹籤放回盤子。

「之前的繼父是公司老闆。他說要上學就該去環境好的學校，便讓我進T女子學院。」

「哦……」

這是我第一次聽到黑瀨同學聊這方面的話題。雖然她轉學前待的是女校這個消息，我好像從同學之間的八卦閒聊中聽過了。

「我很喜歡T女……所以媽媽又離婚時，必須轉學是最讓我難過的事。」

「……不過如果是這附近的學校，應該也可以從妳現在的家通學吧？」

黑瀨同學的家和我家在同一個市，應該不是無法通學的距離才對。

對於丟出這個問題的我，黑瀨同學哼笑一聲，露出悲傷的微笑。

「轉學的原因不是距離。自從他們夫妻感情變差，繼父就沒有繳二年級上學期的學費。我已經沒辦法讀那間學校了。」

「……學費……對喔。畢竟是貴族女校，學費應該也很貴吧……」

我對太過庶民而沒有會意到這點的自己感到羞恥。

「啊，就算離婚了，不是仍然可以拿到一點對方的財產嗎……？」

當我說出不知道在哪則新聞聽來的知識時，黑瀨同學咬緊了嘴唇。

「……不曉得還有沒有那些錢呢。繼父和媽媽離婚的半年前就因為事業失敗，欠下了債務。從那時開始，他常常一不開心就對媽媽暴力相向……到最後已經顧不得錢的問題了。」

「……這樣啊……」

我感覺自己似乎終於明白黑瀨同學在那種不上不下的時期轉學過來的原因了。

「媽媽開始考慮和繼父離婚之後，就找了現在這份工作。但畢竟不是正式員工……我們家沒什麼錢。這件衣服、這個包包，都是繼父人還很好的時候買給我的。」

黑瀨同學瞇起眼睛，露出懷念過去的微笑。那種令人心疼的模樣讓我覺得自己非得說點什麼話安慰她不可。

「……不過，看起來妳轉來我們學校也沒有問題，真是太好了呢。」

本校是私立高中，如果真的經濟困難，應該連讀都沒辦法讀。

然而，我的話卻讓黑瀨同學臉上浮現沒有精神的微笑。

「和之前的學校相比，學費不到一半。靠高中免費化的制度支援，實際上等於免費。」

「咦，真假？是、是這樣啊……？」

我沒聽父母說過這種事……當我感到驚慌時，黑瀨同學再次對我露出沒有精神的微笑。

「免費化不適用於外縣市的高中，所以我就住到阿姨家。」

「是、是這樣啊……」

這就是所謂的取巧吧。我感覺自己聽到了什麼不該聽的事情，心臟撲通撲通地猛跳。

黑瀨同學則是注視著我。

「加島同學，你不覺得很奇怪嗎？為什麼我會選擇轉進這間學校？」

我猶豫了一下，開口說道：

「……為了對白河同學復仇？」

黑瀨同學繼續微笑。

「不是喔。」

她垂下視線說：

「我確實恨月愛。月愛有爸爸，有時髦又會做菜的奶奶，有安定的生活……為什麼只有我過得這麼慘……姓氏還改過好幾次……我曾經對她發過脾氣，要她也嚐到同樣的遭遇。」

考慮到聽她發洩這些事的月愛內心的感受，我就覺得雙方都好可憐，讓我心好痛。

「但是，我之所以決定轉進這間學校……大概是為了讓月愛開心吧。」

「……咦？」

「月愛喜歡驚喜。你這個男朋友應該知道吧？」

看到黑瀨同學對我露出淺淺的微笑，我點頭表示：「是啊……」

「雖然我對月愛說了那麼多難聽的話……也對她說過好幾次『我討厭妳』……內心還是隱約想跟她撒嬌。覺得月愛無論如何都會原諒我，月愛會一直……喜歡我。」

說著這些話的黑瀨同學表情看起來有點幸福。

「所以我很期待，當自己走進教室……她會說出『是海愛耶！大家聽著，那個女生是人家的妹妹！』這種話……相信月愛一定會很開心。」

她模仿月愛的聲音還是一樣像，讓我感覺那真的是有可能發生的世界線。

「所以我很震驚。月愛看到我的時候，竟然露出困惑的表情。」

啊，原來是這樣。

當時的我腦中只想著自己，沒有多餘的精神注意月愛對轉學生的反應。

「……所以才會做出那種事？」

黑瀨同學對我的問題點了頭。

「是啊。現在回想起來，我真的做了蠢事。對月愛和加島同學所做的每一件事都是。」

黑瀨稍微皺著眉頭，帶著消沉的表情喃喃說著。接著她抬起頭。

「但是多虧那次的失敗，我不用像之前那樣假笑了。反正大家都討厭我，就算想討好他們也沒用。」

黑瀨同學的為人真的變了，我在今天的聯歡會上可以感受到。當她實際把這些話說出口，那種感覺就更為強烈。

「加島同學，我在T女的時候過得很開心。那是只有女生的環境，沒必要討好男生……讓我第一次能在學校裡做自己。而現在的我……感覺似乎漸漸回到了那個時候。」

黑瀨同學說完，以垂著眉毛的表情注視我。

「……我做了那麼多壞事，對不起。」

她不是壞孩子。我從以前就隱約有這樣的感覺。

是啊，畢竟她是月愛的妹妹嘛。

「沒關係啦。」

反正事情都已經過去了。

看到她的心完全從我身上抽離，我感到有些失落。不過這也只是我的一點自私。

「那麼，差不多該回去念書了吧？」

「啊，先等等，我去一趟洗手間。」

黑瀨同學這麼說著，從包包裡拿出手帕與化妝包，站起身。

就在這時。

「啊，那個……」

某個閃閃發光的東西映入我的眼中，使我盯著它看。

「那是月亮和星星？」

我指著化妝包的拉鍊。裝在上頭的新月與星星型的飾品很眼熟。

「是啊，嗯……這是以前月愛給我的。」

聽到黑瀨同學說的話，我才恍然大悟。

「是爸爸和媽媽即將離婚，各自搬走的時候……月愛送我的耳環。她說『上高中後，我們各戴一個吧』，所以只給了一邊。」

在傾聽這段陳述的過程中，我清楚地想起來了。這個飾品與玩生存遊戲時月愛尋找的那個耳環很相似。

「耳環？可是妳那個……」

「喔，我把它改造成拉鍊掛飾。」

黑瀨同學立刻回答。

「我沒打耳洞，畢竟那違反校規嘛。我們學校管得算鬆，但不代表校規非常認可這種行為。若是被警告沒收也沒辦法抗議吧……況且她自己不是也沒有戴這麼招搖的耳環嗎？以月愛的個性，八成連這個耳環的存在都忘記了。」

「呃，沒有啦……」

我目不轉睛地看著那個新月與星星型的飾品。

我應該沒看錯。

——那不是妳很重要的東西嗎？我記得妳說過因為怕被沒收，在學校時不會戴。

我回想起山名同學說的話。

她沒有忘記。月愛沒有忘記給黑瀨同學耳環的事與那個約定，很珍惜另一邊的耳環……

正當我打算開口告訴她的時候。

「……欸。」

聽到黑瀨同學有點生硬的語氣，我望向她。她露出尷尬的表情，臉上還帶有些許紅暈。

「我可以走了嗎？……這個是sanitary收納包耶。」

「啊，抱歉。」

我反射性地道歉，腦中卻對「sanitary」這個字眼浮現問號。

在黑瀨同學去廁所時，我用手機查了一下。原來那是「生理用品」的意思，讓我暗自漲紅了臉。

◇

回到閱覽席時，關家同學傳了ＬＩＮＥ給我。

關家柊吾
你今天會來嗎？
黑瀨同學不在自習室，現在是過來的最佳機會喔～～

「……」

如果黑瀨同學打算繼續待在圖書館念書，改去池袋或許也是不錯的決定。既然知道她不會出現，我就能在那裡安心地念書。

但是不知道為什麼，我完全沒有更換地點的念頭，就這樣面對黑瀨同學多念了兩小時的書。

回過神時，時間已經來到了五點。由於白天沒吃什麼東西，肚子又開始餓了……正當我心想差不多該回家的時候。

我們明明沒有事先說好，黑瀨同學卻也開始收拾起桌子。

「加島同學，你要回家了嗎？」

「唔、嗯……」

「我也是。」

於是我隨意地與黑瀨同學一起離開了圖書館。

走出圖書館時，天色已經開始轉暗。來的時候沒有注意到，池子那邊已經有開始變色的葉子，營造出微微的秋意。

「黑瀨同學，妳平時都在這個時間回家嗎？」

「嗯，放學過來的時候都是。如果再晚一點，就會在尖峰時段的電車上碰到色狼。」

「咦……啊，是這樣啊。」

聽到她很輕鬆地說出這種話，我有點不知所措。

色狼啊。我沒有那個膽子，就算有也不會做那種行為。不過世界上仍然存在那種混帳。

「今天是假日，應該沒有問題……而且還有加島同學在。」

黑瀨同學看著我微微一笑。那張臉可愛得讓我有點心動，不禁慌了。

也不是為了掩飾這股罪惡感，我將話題轉到月愛身上。

「……白河同學有在戴那個耳環喔。」

我打算把在剛才餐廳裡來不及說的話說出來。

黑瀨同學發出「咦……」的聲音，不過立刻露出理解話題內容的表情。

「她說不想被學校沒收，所以只在假日戴……今天是沒看到，不過之前有戴過。剛才看到時覺得有點眼熟，我就很在意那個飾品。」

即使我的說明不得要領，黑瀨同學似乎還是聽懂了。

「……這樣啊。」

黑瀨同學垂下視線如此回答。

「月愛從以前就很喜歡首飾和化妝品呢。」

她像在自言自語般輕聲說著。

「雖然爸爸長得沒有很帥，還常常對媽媽說『妳不化妝最好看』，但媽媽仍然一直做假睫毛和化流行的妝。媽媽和月愛很像呢。」

黑瀨同學望向遠方似的瞇起眼睛，繼續說道：

「我則是照爸爸的話，沒有化妝也不做美甲。因為我想聽到爸爸稱讚我『很可愛』。」

說到這裡，她不甘心地咬著嘴唇。

「可是爸爸愛的不是我，而是月愛……這也難怪。畢竟爸爸就是喜歡媽媽才跟她結婚。所以我應該模仿媽媽才對，就像月愛那樣。」

「與其說白河同學模仿媽媽……我覺得比較像是她原本就喜歡那些東西……」

「我知道。」

黑瀨同學乾脆地回答，低聲說著：

「所以我才會生氣……因為我沒辦法往那個方向逃避。」

「……什麼意思？」

「逃避」兩個字引起了我的注意。黑瀨同學則是露出自嘲的微笑。

「你認為她喜歡辣妹的打扮才會變成辣妹？確實有的女生是如此，但以月愛來說，應該不是那樣……至少在我看來，那不是唯一的原因。」

面對等待進一步說明的我，黑瀨同學繼續說下去。

「我們的個性原本就不同，所以興趣也不一樣。但是雙方明確認知到這點是在小學五年級，父母開始提出離婚事宜的時候。」

或許是回想起當時的事，她繃起了臉。

「我為了逃離令人厭惡的現實，於是沉浸於漫畫與遊戲之中。因為那段可以成為自己以外的角色的時間，待起來很舒服……」

有栖川紀念公園傍晚時分的寂寥氣氛搭配她的語氣，令人感到心疼。

「在那個時候，月愛迷上了辣妹打扮。媽媽還曾因為她小學時化妝上學，被校方請去關切。」

竟然有這種事……沒想到她從小學開始就是辣妹了。

「雖然到了這個時代，應該不會只因為當辣妹就被視為『不良學生』，但我覺得她還是有那個意思。畢竟如果真心喜歡當辣妹，只要在假日偷偷打扮不就好了？況且再怎麼說，化妝、美甲和染髮都違反了校規。」

我認同黑瀨同學的說法，所以沒有反駁，繼續聽下去。

「若是違反規定就會被大人責罵，受到監視吧？那不是很蠢嗎？所以我是這麼想的：月愛她是『故意為之』。」

「什麼意思？」

「她希望被老師看到……只要老師聯絡家長，爸媽他們就會開始關注月愛吧？」

帶著諷刺微笑的黑瀨同學將那張笑臉朝向我。

「我們很害怕，很寂寞。父母每天都在吵架，自己待的環境可能會出現巨大的變化……如果什麼也不做，那股不安就會壓得我們崩潰。」

想到那是發生在僅僅只是小學五年級的女孩身上的事，我心中就感到一陣難過。

「我向虛構的世界尋求拯救，月愛則是在現實世界與自己的孤獨和不安戰鬥。成為辣妹可能就是那種做法的具體表現吧。」

黑瀨同學平淡地說著，露出望向遠方的眼神。

「這是我隱約感覺到的想法。」

那或許是唯有身為雙胞胎的黑瀨同學才能察覺的小細節。我想起月愛提到對家人的複雜感情時，總是很開朗的她臉上都會蒙上一層陰影。

「比起躲在腦袋裡逃避現實的我，在現實世界將寂寞埋起來的月愛可能更成熟。」

收起自嘲的笑容後，黑瀨同學擺出認真的表情。

「應該說……月愛也許想早點變成大人吧。」

就像是為了肯定自己的話，黑瀨同學點了點頭。

「月愛是成熟的大人了……我才偷偷想著她或許會原諒我，原諒做出那種事的我……」

「她原諒妳了。」

這時，我開了口。

「因為……白河同學就是想和黑瀨同學變得像以前一樣要好，才會當執行委員，加入手冊組。」

我不希望干擾月愛的計畫，但這些話說出來應該也沒關係吧。

黑瀨同學看著我一會，又低下頭。

「……我就猜是這樣。畢竟手冊組的工作完全不適合月愛。」

「那麼……」

妳不必擺出那麼尖銳的態度，可以稍微與月愛拉近一點距離吧——就在我即將拋出這個想法時，黑瀨同學說了句「但是」，補上後面的話。

「我還沒辦法原諒自己。每天……當我一個人獨處時，就會開始胡思亂想。」

這些話倒是令人意外。

「所以，我現在還沒有……與月愛和好的勇氣。」

黑瀨同學垂下頭，語氣微弱地說著。

「這樣啊……」

我本來以為黑瀨同學仍然對月愛抱持反感。

原來沒有那回事。

——我還沒辦法原諒自己。每天……當我一個人獨處時，就會開始胡思亂想。

話說回來，這對雙胞胎真的是兩個極端。

——人家不擅長思考。

我想起月愛說的話，有了這樣的體會。

兩人的相似之處，頂多只有聲音而已……

「啊！」

就在這時，黑瀨同學看到某個東西，叫了一聲。

「怎麼了？」

「我看到一家珍珠奶茶店，好像很好喝耶。」

「咦……」

黑瀨同學的歡聲讓我的心臟猛跳一下。

我們已經離開公園，走在前往地下鐵車站的路上。一看到路邊的時髦咖啡廳看板，黑瀨同學的眼睛隨即亮了起來。

「黑瀨同學，妳喜歡喝珍珠奶茶嗎……？」

「嗯。」

黑瀨同學點了點頭，然後帶著有點煩惱的表情將手伸進包包，輕輕拿出錢包。

「最喜歡了。我已經決定就算世界上所有人都喝膩珍珠奶茶，我也會一直喝下去。」

「是、是這樣啊……」

嚇了一跳。

珍珠奶茶流行是這幾年的事。從兩人關係變得疏遠的時間推測，她們是在沒有意識到對方喜好的情況下，迷上同一種東西嗎？

就在我暗自為此感動的時候，黑瀨同學已經被那間珍珠奶茶店吸過去了。

我在外面待了一會，就看到黑瀨同學手上拿著插了粗吸管的塑膠杯走出店門。

「雖然多花了五十圓，珍珠有加量喔。」

黑瀨同學笑著露出有如小孩子偷做壞事的表情。

——我們家沒什麼錢。

剛才她說那些話的時候，我還為她擔心。但她或許是拿家庭環境富裕的T女朋友們與自己比較，才會有那種認知。她家並非我腦中想像的「沒錢」的家庭，讓我稍微鬆了口氣。

「不好意思喔，我只有買自己的。」

「沒關係啦，我有帶瓶裝茶。」

我們再次走回路上。那是一條在公園附近，兩邊零星有幾間不知是哪個國家的大使館與時髦商店的幽靜道路。

「加島同學不喜歡珍珠奶茶嗎？」

「不，我很喜歡喔。但是在與珍珠的搭配上，比起奶茶我更喜歡黑糖牛奶。感覺和珍珠一起喝的時候，飲料的味道會變淡。」

我想起以前說得月愛目瞪口呆的珍珠奶茶考察，這次就整理成簡短的幾句話。

「哦～」

現在正好就是喝奶茶版珍奶的黑瀨同學隨口應了一聲。當我暗自慶幸還好沒有搬出長篇大論時，黑瀨同學的嘴離開了吸管。

「加島同學一定是把珍珠飲料當成甜點，講究這方面的完成度吧。」

「咦……？」

「再怎麼說，珍珠奶茶都不是甜點，而是飲料喔。」

黑瀨同學對眨著眼睛的我繼續說：

「珍珠是用來消磨時間的。普通奶茶幾口就會喝完，但是加進珍珠後可以喝得比較久。先喝口奶茶，再把珍珠當成軟糖嚼一嚼。我覺得就是因為這是一種能讓人和朋友邊聊天邊享受二三十分鐘的飲料，才會在女高中生之間流行。」

「……原來如此……」

這番話讓我茅塞頓開。

珍珠奶茶只是「飲料」，珍珠則是用來「消磨時間」。這是我從未有過的觀點。

「……黑瀨同學真有趣呢。」

和月愛聊天時，我會心動不已，心情也會變得開朗愉快。

而和黑瀨同學聊天時，我能獲得令人深感趣味的全新發現。或許是因為她和我是擁有相同「思考模式」的人。

「是嗎？」

黑瀨同學感到意外地看了看我，露出微笑。

「第一次聽到男生對我說這種話。」

她的臉上似乎隱約浮現出喜悅的表情。

黑瀨同學和我搭同一班車回家，但就在走過K站前的圓環後，黑瀨同學在大馬路上停下了腳步。

「加島同學是走這條路吧？我走那條路。」

「呃，是啊……」

「明天見嘍。」

黑瀨同學對我輕輕揮了揮手，隨即背對我邁出步伐。

「…………」

說的也是。和女朋友以外的女生道別時，一定就是這樣吧。只不過剛才我們在電車裡聊彼此推薦的遊戲實況聊得很開心，讓我有點錯愕。

只因為我以前從來沒交過女性朋友，才會感覺怪怪的。

她和男性朋友一樣。

可是……我真的應該用對待男性朋友的方式對待她嗎？

──如果再晚一點，就會在尖峰時段的電車上碰到色狼。

她說得很輕鬆。然而遇上色狼時，黑瀨同學應該也留下了不好的回憶。

天色已經完全暗下來了。這裡是車站前面，燈火通明，人潮也多。但我不知道黑瀨同學回家的路上是否都是這樣的環境。畢竟即使不在電車上，還是會有做出色狼行徑的人。

如果她在與我道別之後，遇上那樣的傢伙……想到這裡我就開始不安，下意識地跑了過去。

「我、我送妳回家吧！」

看到再次出現在身後的我，黑瀨同學露出吃驚的表情。在我猶豫的期間，黑瀨同學已經先走了一大段路，所以我追上她時跑得喘不過氣了。

「咦，不用啦。」

黑瀨同學睜大眼睛說著，隨即垂下視線。

「要是我們在一起太久，我會對月愛不好意思……」

「可是我擔心妳啊。」

被我這麼一說，黑瀨同學就回不了話了。她的臉頰轉眼間泛起紅暈。她彷彿想掩飾害羞似的撥了一下頭髮。

「……那就……謝謝你了。」

依舊沒有望向我的黑瀨同學小聲地說了這麼一句。

黑瀨同學的家距離剛才那裡走路需要十五分鐘左右。

「抱歉喔，很遠吧。我平時都是從車站騎自行車回家，只是今天聽說中午過後會下雨，所以就沒騎了。」

黑瀨同學內疚地說著。我記得今天早上的氣象預報的確說會下雨，不過後來雖然沒有出太陽，也只是維持陰天的狀態。

「已經快到了，就是那棟公寓。」

黑瀨同學指著位於前進方向右手邊的一棟七八層樓高的公寓。我們現在走的是一條沒什麼人的小路，前面有一座無人的神社，附近的電線杆與公告欄上還貼了好幾張寫著「此地經常發生搶案！」的告示。我不禁心中一寒，心想還好有送她回家。

「我住這裡的二樓，謝謝你。」

「既然都來到這裡，就讓我看著妳進家門吧。」

我對打算在公寓門口道別的黑瀨同學這麼說，和她一起走進建築物。這是一棟沒有自動鎖，誰都可以進入的公寓，再加上我看到的那些告示，這麼做比較能讓我安心。

只有一台的電梯正停在八樓，於是黑瀨同學選擇走樓梯。

接著，就在我們走上二樓時。

「啊，海愛！」

前方傳來的聲音讓我懷疑自己的耳朵。

「月愛……！」

黑瀨同學也大吃一驚。

站在二樓走廊上的人，正是月愛。

不過我還沒看到她的身影。我跟在先上樓的黑瀨同學後面，處於一隻腳踏上二樓地板的狀態，身體則還停留在樓梯上。我的視線被牆壁擋住，無法看清楚整個走廊的樣子。

「月愛……妳為什麼在這裡？」

黑瀨同學瞬間望了我一眼，隨即看向月愛。

「人家按了門鈴，可是沒有人應門。人家又沒有鑰匙，進不去。」

「啊，爺爺現在住院……奶奶應該快回來了。現在也差不多是媽媽回家的時間。」

「咦，爺爺沒事吧？」

「嗯，老毛病了。」

黑瀨同學簡短地回答後再次將視線投向月愛。

「不對啦，月愛怎麼會在這裡？」

「啊，是這樣的……」

月愛的聲音變得有點像在顧慮什麼。

「聯歡會結束後，人家和小朱一起去新大久保玩。之前在家做過之後，人家現在很迷可朗芙。在新大久保吃到真正店裡做的可朗芙時，因為好吃得太誇張了，就外帶一份想給海愛嚐嚐看。」

前面傳來塑膠袋的沙沙聲。

「妳想嘛，我們對食物的喜好不是差不多嗎？所以人家覺得妳一定也會喜歡……」

她這麼說著，腳步聲也越來越近。

「咦？等、等一下，月愛……」

聽得出黑瀨同學很驚慌。

「……咦？妳和誰在一起？」

月愛的腳步聲更近了。

接著……

「龍斗……？」

我和幾個小時前才見過的女朋友——好巧不巧就在她妹妹的家門前——相遇了……

「啊，嗯，加島同學是送我回家。在那之後我們剛好在圖書館遇到，就一起念書——」

黑瀨同學有點慌張地說明。

「圖書館？」

月愛的臉上隨即籠罩一層不安的陰影。

「不是自習室嗎？就是你常去的池袋的K補習班……」

「咦？」

聽到這句話，黑瀨同學吃了一驚。

「加島同學也有上K補習班……?而且池袋分校不就是……」

無論是對回過頭一臉無法置信地看著我的黑瀨同學,或是對靜靜等著我說明的月愛,我都不知道該說什麼才好。

「…………」

糟透了……

我仰頭向天,詛咒著命運。

『……所以呢～～我遇到國中時的同學，就想起了學長。』

「這樣啊……」

『唉～～我都能碰巧遇見隨便一位同學，為什麼就是遇不到學長呢？他應該沒有搬家，住的地方也很近，照理來說應該可以在哪裡突然見到面才對呀。』

「就是說啊……」

『現在的我說得出口了……「請你再和我交往一次」。如果被拒絕就算了。這樣一來，我感覺自己才能真正地往前走。』

「三年前妳被甩掉的理由有點太那個了嘛。」

『是啊～～「我不想害妳受傷，所以分手吧」。啥？太莫名其妙了吧？』

「嗯。」

『但是我不想被學長討厭，沒辦法擺出強硬的態度。要是纏著他說「我不想分手」，他可能會把我當成很煩的女人。』

「……我懂。」

『而且他沒有說過「討厭我」，讓我沒辦法放棄，但是又沒有聯絡他的勇氣……後來手機壞掉，電話號碼弄丟，想聯絡也辦不到了。結果我還一直這麼在意，真像個笨蛋呢。』

「沒那回事喔……」

『……妳怎麼了，露娜？聽起來沒什麼精神耶。』

「咦？有、有嗎？」

『發生什麼事了？』

「……嗯……是有點事……」

『聯歡會時有什麼狀況嗎？』

「……回家的時候，人家把可朗芙拿去海愛家，就看到海愛和龍斗一起回家。」

『啥？那個男的……還沒受夠教訓嗎？』

「不、不是啦。聯歡會結束後，龍斗去附近的圖書館，剛好碰到海愛，兩個人就待在一起，天黑後順便送海愛回家……」

『哦～～……就算是這樣，畢竟之前才發生過那種事，妳還是注意點比較好喔。』

「可是我們都是手冊組……人家也拜託過龍斗協助人家和海愛的『朋友計畫』……」

『就算露娜妳這麼說，還是很在意吧？』

「嗯……但是人家沒有懷疑龍斗喔。不是那樣的……」

『嗯？』

「……該怎麼說，人家沒辦法講得很清楚，但就是隱約有點不安。」

『……如果有什麼我能幫上的忙，別客氣儘管開口。不管是那個男的還是妳妹妹，我都會好好教訓一頓。』

「哈哈哈，就說不用做那種事啦～～！……每次都是人家在麻煩妳……謝謝。」

『不用客氣啦。反正只會死抱著過去戀情不放的我也沒什麼能請妳幫忙的事。』

「別這麼說……」

月愛抬起視線，望向貼著大頭貼的筆筒。默默注視在黑髮的笑琉旁邊害羞微笑的男生，彷彿要將那張臉烙印在腦海中。

第四章

「我就說你應該來自習室啦～」

聽完我在週日發生的事情始末，關家同學傻眼地回答。

在那之後……

我在與月愛兩人獨處時，對她說明自己當時是臨時想在圖書館念書，又剛好在那裡遇到黑瀨同學，以及之後準備跟月愛報告這件事的打算。雖然她仔細聽完了解釋，但我不確定她是否完全信服。而在補習班躲避黑瀨同學的事則是因為太難堪，沒有說出口。無法否認這讓我的行動看起來很不自然。

「你明明躲了那麼久，為什麼還跟她一起在圖書館念書啦？我看你八成對黑瀨同學還有意思吧。乾脆來個姊妹通吃吧？」

面對大開玩笑的關家同學，無心打鬧的我垂頭喪氣地喝著寶特瓶裡的水蜜桃茶。剛才去自習室的時候，關家同學邀了無精打采的我去休息室，於是我們坐在桌子旁喝飲料。

既然事情已經被黑瀨同學發現，我們就沒必要去外頭了。關家同學的學弟今天似乎不會出現，所以他也放心地待在這裡。關家同學好像還記得之前的約定，在自動販賣機前請了我飲料。

「……我又不是關家同學……」

聽到我隔了一段時間才說出口的軟弱無力的挖苦，關家同學遺憾地皺起眉頭。

「你懂我什麼？我第一次交往可是很純潔的，過了一週才牽手，過了兩週才接吻……」

「可是在那之後就跳進後宮劇情了吧？」

我聽過一些關家同學高中時的故事。雖然沒有掌握到全貌，既然他因此重考，想必是享受了一段相當精采的風流生活。

「唔唔唔……」

看來我的吐槽奏效了，關家同學說不出話來。

像他那樣真好。

而我則是明明沒做什麼虧心事，卻得背負對女朋友的罪惡感。

「……真虧你沒有被那些前女友拿刀捅呢。」

「畢竟我處理得很好嘛。」

「咦……？」

我這種人就是滿笨的，就算有女人緣，可能也沒辦法像他那樣周旋於女生之間。就在我感到佩服時，關家同學說了句「認真來說」，向我解釋。

「她們也沒愛我愛到想拿刀捅我的程度，大概吧。我都是和能輕鬆交往的女生來往。」

原、原來如此……

「況且女人的愛情會一而再、再而三更新喔。她們重視的是現任男友或喜歡的對象。會一直放不下，想念分手對象的女生，只存在於男人的妄想啦～」

「是、是這樣嗎……？」

聽到這些話，我想起玩生存遊戲時，山名同學所提的往事。

——聽起來很蠢吧。我竟然到現在還忘不了國中二年級時只交往兩週的男人。

「啊，但是有一個我認識的人……」

我不知道是否能稱呼山名同學為「朋友」，所以用了這個說法。

「是女孩子。她忘不了好幾年前交往的男朋友，一直沒辦法談另一場戀愛。」

聽到我這麼說，關家同學毫無興趣地雙手抱胸。

「這樣啊。對方想必是個非常優秀的好男人吧。」

「不對，那個人好像有很誇張的中二病，像是會聽佛經之類。」

「……畢竟是那種年紀嘛，大家都經歷過。」

「佛經耶。」

「那很適合在考試前用來提昇注意力啊。」

「……那、那麼，你現在還會為了提昇準備考試時的注意力聽佛經嗎？」

「現在還聽那種東西的人是打算出家當和尚吧。」

關家同學吐槽後，微微露出自嘲般的苦笑。

「好久沒想起那段黑歷史了呢。」

「……總、總而言之呢，那個女生就是覺得前男友的那種地方很帥。」

「哦……那種情侶乾脆爆炸算了。」

我從這句話感受到非比尋常的怨氣，突然冒出了疑問。

「……關家同學，你現在沒有女朋友嗎？」

如果有，應該會對別人的戀情更寬容吧……當我這麼想的時候，關家同學果不其然地點了頭。

「嗯。雖然偶爾會和一些女生聯絡，不過女朋友就……話說現在不是交女友的時候吧。況且也不會有女生喜歡重考生。」

「是喔。」

「你也要小心，萬一重考就會被現在的女朋友甩掉喔。若男朋友重考，女朋友踏進光鮮亮麗的大學生活，她會在新生歡迎會上被社團的學長睡走，然後這場戀情一下子就沒了。」

「…………」

如果這是過來人的經驗，我只能為他感到遺憾。但月愛不可能發生那種狀況……應該吧（況且月愛也不一定會升學）。不過落榜的確很難堪，雖然頂多會讓月愛有些失望，我還是希望能盡量避免。

「總之，怕之後被甩而先找個候補女友是沒問題啦，但是找上人家的妹妹，我覺得就很糟糕了。」

「沒有啦，就說我沒那個意思……」

「啊，說人人就到。」

當我順著關家同學的視線望去，就看到黑瀨同學與幾位穿水手服的朋友走進休息室。之前的習慣讓我反射性地壓低身體。

「……那個女生經常和T女的女孩子在一起呢。」

「咦……？」

「那套水手服不就是那邊的制服嗎？」

聽到關家同學這麼說，我將視線移回他身上。

「你還真清楚其他學校的制服呢。」

「T女很有名吧。不但是貴族女校，升學成績偏高，可愛的女孩子又很多。」

「哦……」

原來很有名啊。畢竟我身處與貴族女校無緣的世界，對這方面毫無概念。

「……啊。」

聽到關家同學發出的聲音，我不禁回頭一看。剛好看到被女孩子包圍的黑瀨同學正盯著我們這邊看。

由於我感覺和她對上了視線，於是微微點了頭。黑瀨同學就露出微笑，朝我輕輕揮手。

「……哦，氣氛似乎不錯嘛。照那樣看來，她對山田你還是有意思喔。」

「咦？」

突然被他這麼一說，我就對他露出驚慌的表情。

「不會吧？那、那樣我會很困擾耶……！」

「困擾？為什麼？只要你把持住自己不就行了？」

「呃，是這樣沒錯啦……」

這個傢伙怎麼偏偏在這種時候講出大道理啊！

「不過就算你這麼說……」

黑瀨同學可是能冠上「超級」兩個字的美少女。雖然月愛也是如此，但她與月愛是完全不同的類型。更麻煩的是，如果只看外表，像黑瀨同學這樣的女孩才是我的菜。

萬一，我是說萬一喔，日後再遇到在體育館倉庫時的那種誘惑……我還能拒絕她的誘惑嗎？之前都差點陷進去了。

受到那麼可愛的女孩子多次引誘，還能以鋼鐵般的意志守住貞操。那種艱難的任務……

「……關家同學辦得到嗎？」

「啊，我不行。一下子就會失守了。」

「呃～～……」

「哎呀，所以啦，我就是太了解自己，才會和初任女友分手嘛。」

關家同學慌張地對翻白眼的我說道：

「……和她接吻的時候，我由衷想著：我要好好珍惜這個女孩。因為我和她待在同個社團一整年，雙方都很清楚彼此的優缺點，和她相處時，我感到很舒適愉快，甚至認為她或許就是能和我共度一生的對象。」

「既然如此……」

你別和她分手，繼續交往不就好了——對於如此想著的我，關家同學說了下去。

「可是當我上了高中開始受到嗨咖美少女們歡迎時，我就覺得大事不妙。如果繼續維持這段感情，我絕對會輸給誘惑，腳踏兩三條船，用最糟糕的方式傷害她的心。」

「所以你才會在深入交往之前先提分手？」

「就是這麼回事……雖然我覺得自己很對不起她。」

看到他眼中的灰暗情緒，我問道：

「你後悔嗎？」

或許是注意到我安慰的口氣，關家同學收拾起心情，露出微笑。

「不可能不後悔吧。雖然只交往了一下子，她畢竟還是我曾想珍惜一生的女孩子啊。」

他一邊說著一邊低下頭。

「但是我不想以外遇之類的方式傷害她……她可是很純真的女孩。」

能讓關家同學如此掛念的女孩子，究竟是什麼樣的人呢？我有點想見見她。

「……不過——」

關家同學突然自言自語似的喃喃說著。

「如果現在能從高一重新來過一次……我絕對不會甩掉她。」

那副認真的表情與平時總是嬉皮笑臉的關家同學簡直判若兩人。

「人生中第一個喜歡的女孩子果然是最特別的。因為那不是順著當下的氣氛或利用經驗法則算計而來的戀情，而是憑本能愛上的對象。」

這句話讓我心中一驚。

因為那對我而言，指的就是黑瀨同學。

「雖然多虧了與她分手，我才能和各種可愛的女孩子交往……然而我後來才發現，還是第一個女朋友最好。只不過當我察覺這點時，做什麼都沒用了。」

關家同學低聲如此說著，露出我從未見過的消沉表情。

「……那乾脆出家當和尚吧？」

我想幫助他恢復平時的模樣，於是取笑了他一句。關家同學似乎也收到了我的心意。

「我不是說已經不再聽佛經了嗎？」

看著彷彿硬逼自己開玩笑的他，讓我覺得他真的是個好人。

「等考完試，我就要大顯神威啦。」

「這才是令和的大情聖嘛。」

「包在我身上……喂，你把我當成什麼人啦。」

邊笑邊吐槽的關家同學在最後輕聲說出的低語，則一直在我腦中徘徊不去。

「……山田，你千萬別讓自己後悔喔。」

◇

早出生兩年的關家同學如今的模樣，有可能就是兩年後的我。

我不想讓自己後悔。

雖然我的初戀情人是黑瀨同學，但此刻交往的對象，我想珍惜一生的人是月愛。

月愛是最重要的。

應該只能關心月愛。

想到這裡，我就開始過盡可能不放心思在黑瀨同學身上的生活。

季節來到十月中旬，天氣變得很舒爽。運動之秋到來了。

在某個週日，我們高中舉辦了一場運動會。

「露娜～～！妳好快喔～～！」

從設置於賽道外的班級區傳出女生的歡呼聲。

成為班際接力賽選手的月愛身輕如燕地在跑道上奔馳。

月愛的腳程快，運動神經優秀。隨意紮在腦後的頭髮隨風飛揚，運動服底下的長腿輕快地躍動，助她衝向下一位跑者的等待區。

「哇喔！加油，露娜～～！」

當月愛通過我們班的座位區前方時，又掀起一陣巨大的歡呼聲。

「呀啊，超越一個人了！」

就在這個時間點，她超越跑在前方的隔壁班跑者。

「露娜好強喔～～！」

「超快的！」

多虧月愛，原本是第三名的本班最後以第二名的成績抵達終點。

「辛苦啦，露娜～～！」

女生們慰勞回到班上的月愛。

坐在位子上的我則是遠遠地望著那個畫面。

「你的女朋友好猛啊。」

聽到坐在旁邊的阿伊這麼說，我點了點頭。

「嗯……」

月愛很厲害，不愧是嗨咖。而那樣的女孩子竟然是我的女朋友……想到這裡，就讓我有種不可思議的感覺。

我並非運動完全不行的人，應該算中間，最差也是中偏下的程度。但是升上二年級後，真正運動厲害的人能做出職業級的表現。而運動社團的人就算沒有到那種程度，一般人也終究不可能勝過這些每天都揮汗練習的傢伙。

正因如此，我才更加對同為回家社的月愛所具有的體能感到驚訝。

「啊，是谷北同學。」

阿伊突然大喊一聲。

不知不覺間，賽道上已經開始下一個活動了。穿著啦啦隊服裝的谷北同學和其他女孩子一起隨著流行歌曲跳起舞來。看來現在是啦啦隊比賽。

「谷北同學好可愛喔……」

「是啊。」

當我隨口應和一句，阿伊就衝著我露出凶惡的表情。

「你都已經有白河同學了，還想打谷北同學的主意啊？」

「怎、怎麼可能。你在胡說什麼啦。」

阿伊以充滿懷疑的眼神盯著連忙否認的我。

「畢竟阿加有黑瀨同學的前科嘛……」

所謂的前科，應該是指我和黑瀨同學抱在一起的照片被流傳那時的事吧。

「就說那是誤會了……」

正當我打算抗議時，看著啦啦隊方向的阿伊發出「啊」的一聲。

「話說黑瀨同學也在啊。」

「……真的耶。」

和大家穿著同款啦啦隊服，頭上繫著同樣蝴蝶結的黑瀨同學正在跳舞。那張端正的臉蛋帶著拘謹的笑容。

除了啦啦隊比賽，啦啦隊也得在各式各樣的比賽中出場，有許多事前的練習，所以社團活動忙碌的學生，以及像月愛那樣被挑上參加多場比賽的學生無法參加。我記得在討論運動會的大型班會上有提到湊不到足夠人數的事。

她是事後提出申請，主動要求參加嗎？校慶執行委員也是如此，黑瀨同學或許正在用她自己的方式努力融入學校的生活。

當我回想起在圖書館與她的對話，以及她在補習班開心的模樣，心中就對她湧現一股有別於以往的感情。

雖然我很難原諒她之前對月愛做出的事，但也盼望她能得到她的幸福。

原因無他，正是因為她是月愛的妹妹。

「這樣看下來，我們班女生的水準真高耶～～黑瀨同學果然也很可愛。」

「…………」

我學到之前的教訓，這次就沒有回應阿伊的話。

不對，也許是不敢回應。

——哦，氣氛似乎不錯嘛。照那樣看來，她對山田你還是有意思喔。

因為關家同學說了那種話。既然這話是從女性經驗豐富的他口中講出來，感覺有可能真是如此。

「龍斗！」

就在這時，月愛的聲音讓我回過神。當我轉過頭，就看到月愛站在旁邊。

「欸欸，來吃中餐吧……？」

「咦？……嗯、嗯？」

當我注意到的時候，啦啦隊比賽已經結束了。跑道上一個人也沒有，上午的節目似乎都結束了。

旁邊的阿伊說著「你們請你們請～」，抱起隨身物品匆匆忙忙退場。

「……伊地知同學討厭女生嗎？」

看到阿伊那種反應的月愛嘀咕著，讓我吃了一驚。

「咦？不……沒、沒有那種事。」

應該說他很喜歡女生……我在心裡補上這一句。

「是嗎？那就好。小朱也說過～做布置組的工作時，就算找他說話也聊不太下去，沒辦法跟他打好關係。」

「啊～……」

阿伊你這個大笨蛋！人家谷北同學難得找你聊天耶，你在搞什麼鬼啦……！

不對，我明白他的想法。就是因為了解他才感到難過……

「……他只是害羞啦，沒有惡意。」

「這樣啊，人家之後會跟小朱說。」

月愛說著，坐在剛才阿伊的位子上。

運動會的午餐是所有人各自處理。有的學生跑回教室，也可以在加油區的藍色塑膠墊上和家人吃飯。

家長用的加油區和班級區同樣設置於賽道外圍。家長區空蕩蕩的，有家人來的學生粗估不到一半。我對父母說自己不會有什麼精采表現，而且我會很不好意思，要他們別過來。阿伊和阿仁也是如此，這或許是邊緣人的傾向吧。

「爸爸好過分喔～～突然說要出差。人家本來很期待耶。」

月愛的父親原本打算來，但似乎臨時有事來不了。

「不過幸好不用準備爸爸的份……人家有一半做失敗，如果他真的要來，就會出現大危機呢。」

月愛笑著這麼說，從她帶來的大包包裡拿出便當盒。便當盒有兩層，大小看起來是給兩到三人用的。

「來，請享用♡」

「喔喔……！」

月愛事前就說過：「人家來做龍斗的便當！」不過像這樣看到實物，還是讓我感動得快要哭出來。

「謝、謝謝！好棒啊……」

好開心……！這就是所謂開心得快要飛上天的心情吧。

就在嘴角快要上揚得讓五官變形的時候，我突然回過神。

區區一個邊緣人，竟然因為白河月愛親手做的便當就高興得囂張起來……如果被人這麼想就太丟臉了。

班級區只是鋪著大片的藍色塑膠墊，沒有放椅子，大家都很隨意地坐著。由於很多學生回到校舍裡面，班上同學都各自拉開距離輕鬆地席地而坐。我朝四周望了望，看起來這些人之中沒有人特別注意我們，我這才鬆了口氣。

「好了，打開看看吧！」

月愛不知為何恭敬地擺出端正的跪坐姿勢，將放在眼前的便當盒推到我的前面。

看到這樣的月愛……讓我再次有了她好可愛的想法。

穿著運動服的月愛仍然是一位出眾的美少女。不管是綁在明亮秀髮上的藍色班級頭巾，還是將繡有名牌的運動服撐起來的豐滿山丘，穿著運動服的月愛給人的不協調的印象，直接體現出她的亮麗外表與內心的純潔，令人倍感憐愛。塗成班級代表色的藍色指甲比平時短，耳環也改成樸素的耳針式。她正以自己的方式表達對運動會的認真程度。

「來嘛，快點吃吧！」

「好、好的。那麼我就開動了……」

在月愛的催促下，我將手伸向便當的蓋子。在上野動物園吃到她第一次親手做的便當時，裡頭的蛋包飯淒慘地被擠到一邊……我帶著懷念的心情打開了便當。

「喔喔！看起來很好吃耶！」

超越想像的美麗畫面讓我發出驚訝的聲音。

今天的便當沒有被擠歪。是因為裡頭放著十字型隔板，格子裡又塞滿配菜吧。便當裡除了炸雞塊、煎蛋捲與章魚小香腸等基本菜色，還恰到好處地擺放了增添色彩的小番茄與青花菜。

「謝謝妳，月愛……」

充滿感激的我向她道謝，她就開心地露出微笑。

「哇，太好了！沒有擠歪呢！」

她似乎也很在意這點。

「這次是奶奶教人家做法，還有事先預習過喔。」

「這樣啊……謝謝。」

那位白河月愛竟然為了我這個邊緣路人甲這麼盡心……我想起交往前的自己，不禁感動得不能自已。

「可是喔，章魚小香腸就做得很糟糕，你看。」

「嗯？」

「這個像不像異形？」

經她這麼一說，我看了看章魚小香腸。它們確實沒有張開腳，全都軟趴趴地倒著。

「看起來很噁心吧，對不起……」

面對露出哭哭臉捻起一隻章魚給我看的月愛，我大方地露出微笑，想展現男子氣概。

「……應、應該是腿太長吧？那一定就是所謂的模特兒體型。」

「這樣啊。看來是切太深了。」

月愛嘟著嘴嘀咕，接著握起雙拳。

「本來以為好不容易可以洗刷之前便當的恥辱……下次再重新挑戰章魚小香腸吧！」

下次……！

她打算下次有機會再幫我做便當耶。

想到這裡，我細細品嚐起這股溫暖的幸福。月愛則是對我露出微笑。

「好了，龍斗！趕快吃吧。」

「啊，抱歉。我在品嚐感動……」

「這樣吃下去時搞不好會覺得很難吃耶！別拉高標準啦～～！」

「別擔心，就算難吃我也會憋氣全部吃完。」

「你已經預設很難吃了喔？」

「不、不是啦！」

我們一邊笑著拌嘴，一邊開始吃便當。

月愛親手製作的便當就如同外觀一樣美味，吃的時候不必憋氣。

「……嗯，好吃！」

「真假？太好了～～！」

就在我們兩人吃到一半，正在享受第二層便當的飯糰時。

月愛突然盯著我的臉。

「……啊，龍斗。」

「嗯、嗯？什麼事？」

「你的臉上沾到海苔了～～！」

月愛笑著朝我的臉伸出手。

「呃、咦……？」

「你看～～！」

她的手指碰到我的嘴脣，讓我的心臟猛跳一下。月愛將拿下的海苔給我看之後，那根指頭就湊到自己的嘴邊，一口含住。

「嘿嘿。」

看著擺出調皮孩子般的表情對我笑的月愛，我的臉頰瞬間變得滾燙。

「……白、白河同學！」

在秋日的晴朗天空下，月愛對一邊顧忌同學的目光一邊喊著的我露出歡快的微笑。

「多謝招待！」

◇

月愛在下午的比賽中一樣極為活躍。

不但障礙賽跑以第一名的順位跑到終點，在女子騎馬打仗中，她也是騎在山名同學帶隊的馬上，奪走一大堆帽子。

而在借物賽跑的時候。

月愛照例以無人能及的速度在直線跑道上衝出去，第一個拿起指定物品的題目卡。

「…………！」

看完卡片的月愛瞬間漲紅了臉。

那個題目的內容是什麼呢？

當我思索到一半，我感覺自己與抬起臉四處張望的月愛對上了視線。沒想到她接下來就穿越跑道，筆直朝我這邊跑過來。

看來對上視線不是我的錯覺，靠過來的她朝著我大喊：

「龍斗！你過來！」

她、她叫我？

搞不清楚狀況的我從班級區站起身，朝跑道的方向移動。

這時來到身邊的月愛牽起我的手，我們倆一起跑了出去。

回到跑道上後，我們就從放題目卡的地方衝向終點。

似乎也有其他學生的題目是附近的東西。包含月愛在內，總共有三組女生幾乎同時朝終點出發。三人之中，月愛的出發時間稍微晚了一點。

「要全力衝刺嘍！」

牽著手的月愛對我這麼說。

「嗯……！」

於是我們手牽手奔馳在跑道上。

我們首先超越了題目應該是「校長」，帶著高齡的校長一起跑的學生。

剩下的只有跑在幾公尺的前方，握著紅色頭巾的學生。只要超過她就能拿到第一名了。

拿出真本事的月愛著實跑得很快。

原本我還心想無論跑多快，那也只是女孩子的程度。然而實際上卻是只要我腳下稍有鬆懈，很可能就會被她超前。

不想被她拋下——我強烈地祈求著。

我想和這個有如跑車的女孩子——

想和比我早一步成為大人的女朋友——

和她一同奔馳。

即使過了今天，也能一直跑下去。

我不會放開這隻手。

絕對不會……！

帶著這股念頭，我拚命擺動雙腿。

「加油，只差一點了！」

班級區傳來同學們的聲援吶喊。

「露娜～～！」

「加島同學～～！」

就連未曾交談過的同學也呼喊著我的名字。

感覺好像所有人都在為我們加油。

加油，加油！

只差一點，只差一點了。

無論是這份焦急，或是罪惡感，只要跨越它們，一定就能抵達我們兩人的幸福未來。

所以——

「「「加油啊————！」」」

在震天價響的聲援之中，月愛和我衝上第一名。

然後，撞斷了終點的彩帶。

◇

「呼～～呼～～……太好了，龍斗。」

放開手之後，月愛將雙手撐在大腿上，抬起視線望著我微笑。她那急促的喘氣聲聽起來好性感。

「……是啊……恭喜妳……白、白河同學。」

我也是氣喘如牛，還沒有把呼吸調整回來。感覺這次跑得比上午自己參加的賽跑還要認真。

「嘿嘿……這是我們兩人的勝利喔。」

月愛露出撒嬌般的笑容。

「能和龍斗一起跑，真是太好了……」

月愛的題目是「喜歡的人」。抵達終點後被唸出來時，嘲弄的噓聲響遍了整個會場。

感覺周遭的人到現在都還是帶著不懷好意的笑容望向我們。我的臉頰之所以這麼燙，心臟之所以跳個不停，也許不只是全力奔跑造成的。

「……不過『喜歡的人』也可以不是戀愛方面的意思吧？妳也能找山名同學或谷北同學啊。」

谷北同學是啦啦隊，人就在跑道內。帶她應該比帶我更快回到路線上，照理說第一名可以拿得很輕鬆才對。

「咦……？啊，對喔。」

月愛像是被點出了盲點，表情顯得很驚慌。

「但是人家看到『喜歡的人』這些字的瞬間，腦中第一個浮現的就是龍斗的臉……」

月愛臉頰紅紅地看著我。

「比起家人或朋友……人家心中第一個想到的是龍斗喔。」

「……白河同學……」

一股暖意流進胸口，將我的心填得滿滿的。

「……欸，龍斗。」

這時，調勻呼吸的月愛將手從大腿上拿開，朝我走近一步。

「手冊組的工作也一起加油吧～」

「啊，嗯……」

我注意到她的表情出現了些許陰影，於是開口道：

「圖書館那件事真的很抱歉……下次和黑瀨同學之類的女孩子見面之後，我會立刻跟妳聯絡……」

聽到我這麼表示，月愛搖搖頭說了聲「不」。

「不用做到那種程度……人家相信龍斗。」

她牽起我的手。

「……！」

雖然我在意周圍的目光，仍然怯生生地握住她那柔軟的手。

我們一定不會有問題。

因為，我們是如此真心地兩情相悅。

我強烈、堅定地如此相信。

◇

運動會在那之後繼續順利進行。此時來到最後一場比賽，年級對抗接力賽。那是每班派出男女各一名代表出場，與其他年級競爭的比賽。一年級不常獲勝，三年級又因為準備考試而體力不足，因此近年大多是由二年級獲勝。

月愛在這場比賽中仍然被選為代表，她沒加入田徑社團真是太可惜了。

她在靠近接棒區的等待隊伍中甩著手腳熱身，讓待在班級區的我看得神魂顛倒。

好帥啊。

原本那麼可愛的她現在看起來卻帥氣十足。

她實在令我感到驕傲，當我的女朋友真是太可惜了。

就在充滿感慨的我入神地注視她，一邊等待比賽開始時。

「欸欸，那個人是露娜的媽媽嗎？」

「對呀！我也是這麼想！她們長得好像喔！」

附近嗨咖女同學的對話讓我吃驚地發出「咦？」的聲音，朝那個方向望去。

她們看著的是班級區旁邊的家長加油區。當我朝那附近定睛觀察，不禁倒抽一口氣。

任何認識月愛的人可能都會認定那個人就是她的親屬吧。一名酷似月愛的女士站在那邊，觀看賽道上的狀況。

她那頭比月愛的髮色黯淡一點的棕色長髮隨意地紮起，耳朵上戴著大大的環狀耳環。月愛有一個比她大一點的姊姊，然而從加油區的那位女性所散發出的氣質判斷，她應該是四十歲上下。毫無疑問是月愛的母親。

可能是因為剛來到現場，位於加油區的女士待在坐在藍色塑膠墊上的人群後方，獨自望向接力賽的賽道。

我是第一次看到月愛的母親……想到這裡，我的心臟突然猛跳一下。

月愛的母親。也就是說……那是和黑瀨同學同住的母親。

「欸欸，去跟她打個招呼吧～～」

「嗯，好啊！」

嗨咖女生們嘰嘰喳喳地呼朋引伴，一群人朝加油區的方向過去。

「不好意思～～！」

「您是露娜的母親吧～～？」

女生們興高采烈地向女士搭話，我不用仔細聽也能聽到她們喧鬧的聲音。

那位女士將頭轉了過來，我還以為自己和她對上了視線，心中不禁一驚。不過她其實是看著向她搭話的女生們。

「嗯，是啊～～也是海……」

女生們聽到帶著微笑的女士的回答，紛紛興奮起來。

「呀啊～～！果然是這樣！」

「您好漂亮喔！」

「美魔女耶～～！」

「喂，說人家是美魔女很沒禮貌喔！」

「是喔？對不起！但真的是超漂亮的美女嘛！」

「露娜長大之後就會是這個樣子吧～～？」

「真好～～永遠都是美女耶！」

月愛的母親微微露出苦笑，看著情緒高昂的女生們。

「啊，開始了！」

其中一個女生注意到賽道上的狀況，喊了一聲。起步的槍聲緊接著響起，第一棒選手起跑。

月愛是第二棒跑者。她站在起點的對面……也就是靠近我們加油區這邊的接棒區。

「露娜，加油～～！」

女生紛紛加油吶喊，月愛朝她們揮了揮手。

接著她露出驚訝的表情。應該是看到媽媽了吧。

「露娜～～！妳媽媽也在幫忙加油喔～～！」

「加油～～！」

月愛的母親配合開心歡呼的女生們，也對自己的女兒揮手。

「月愛～～加油喔～～！」

月愛看到揮手的母親，臉上亮起了光彩。

「嗯，人家會加油！」

第一棒跑者在這時衝過來，月愛接過接力棒後邁步疾奔。

「月愛～～！」

月愛的母親為月愛歡呼加油。接著她突然移動視線，朝賽道內側揮手。

在那裡的是當啦啦隊的黑瀨同學。黑瀨同學背對著我們，向跑在賽道上的學生們揮舞大旗。

「海愛（瑪莉亞）也要加油喔～～！」

聽到這句話，還待在她身邊的女生們大吃一驚。

「『瑪莉亞』……是指黑瀨同學嗎？」

「您認識黑瀨同學呀～～？」

「呃……？」

月愛的母親疑惑地看著她們，然後似乎察覺到了什麼。

「……嗯，算是啦。」

在那之後，她就不再對黑瀨同學出聲了。

「…………」

那個揮動大旗的小小背影看起來似乎比平時更加瘦弱。

不知道是不是因為母親的加油，只見月愛超越三年級的對手，以第一名的順位交棒給下一位跑者。

之後雖然一度又被超越，不過最後一棒跑者仍然追了回來。於是今年的年級對抗接力賽以二年級勝利作收。

「媽媽～～！」

選手退場之後，月愛立刻衝到母親的面前。

「妳來了啊？」

「嗯。我下午請了假，從騎馬打仗開始看喔～～妳好厲害喔，月愛。」

月愛的母親這麼說完，將手放到月愛頭上。

「很厲害，很厲害。」

她的手掌在月愛的頭上揉來揉去，再用雙手捧住月愛的臉頰，露出溫馨的微笑。那種簡直就像在疼愛小孩子的動作讓月愛紅著臉，開心地笑著。

「嘿嘿。」

接著月愛突然望向我。

「我說，媽媽～～我想介紹一個人給妳認識……」

她說完就對我招了招手。

「龍斗！過來一下～～！」

「……！」

來了。

我本來就心想得過去打招呼，不過事情來得太過突然，讓我的心臟瞬間跳得急促。

我拖著腳步走過去後，月愛就開心地來回看向我和她母親。

「他是人家的男朋友，加島龍斗同學。」

「我知道～～剛才在借物賽跑時有看到。」

她的母親靦腆地笑著，用彷彿想掩飾害羞的大聲量說道：

「年輕真好～～在一旁看的我都要臉紅了。」

我不知道該擺出什麼樣的表情，只能連連點頭。

月愛的母親對我換上了一副笑臉。

「我家女兒還不成材，得請你多多指教嘍。」

她的笑容具有一種溫暖人心的神奇魅力，讓我想起夏天時在海之家照顧我的真生先生。

「……不是，啊，是、是的……我、我才要請她指教……！」

看到話說得結結巴巴的我，月愛的母親溫馨地一笑。

月愛那種太陽般溫暖的親切感，一定是遺傳自她的母親吧。

就在這時，一群啦啦隊學生從附近經過。

「……欸，月愛。」

看到那群學生的月愛母親壓低了聲音。

「嗯？什麼事，媽媽？」

然而她看了一下周圍的狀況後，似乎改變原本的主意，搖了搖頭。

「……不，沒事。」

「咦～～什麼事嘛～～人家很在意耶，媽～～媽～～！」

月愛以撒嬌般的聲音笑著這麼說。

不過，我在這個時候目擊了。

就在經過附近的啦啦隊伍當中，一臉泫然欲泣的黑瀨同學。她悄悄離開同伴，獨自快步朝校舍的方向走去。

「…………」

可能是角度不對，月愛和她的母親沒有看到那個畫面。

只有我看到了。

正因為看到那個模樣，我無法放著她不管。

「露娜～～！我們去閉幕典禮吧～～！」

月愛被那群嗨咖女生叫走，我則是向她的母親行禮道別。

接著走向校舍。

◇

黑瀨同學不在教室裡。

她會去哪裡呢……我思索了一下，唯一能想到的地方是通往屋頂的樓梯。

那是以前我與散布月愛謠言的黑瀨同學在教室爭吵後，她逃去的地方。

雖然她不在那裡，通往頂樓的門卻是開著的。平時門都會上鎖，或許是為了方便校方的攝影師從上面拍攝比賽畫面而開放吧。

結果，黑瀨同學就在頂樓。

我靠近抓著比她的個頭高一倍的柵欄背對著我的黑瀨同學。

「……妳沒有告訴媽媽嗎？說妳沒有對大家公開和白河同學的關係。」

我的話似乎驚嚇到黑瀨同學，使她猛地回過頭。

她的眼睛好紅，沾滿了淚水。

「……我怎麼說得出口。如果告訴她因為一場無聊的惡作劇，讓我說不出我們是姊妹，那就太丟臉了。」

鬧彆扭的她如此嘀咕。

「……她明明是我的媽媽耶。」

她的聲音虛弱地顫抖著。

「是我拿通知單給她，問她：『妳能來嗎？』……媽媽是來幫我加油的耶。」

之前聽她述說過去時，我還以為她怨恨決定與自己最愛的父親離婚的母親。

但是，她其實仍然喜歡自己的母親，喜歡到變成這副模樣的程度。

「……她是妳們兩人的媽媽喔。是黑瀨同學與白河同學……包含妳們的姊姊在內，三個人的媽媽。」

然而黑瀨同學聽不進我的話，低下了頭。

「月愛什麼都有了。爸爸、朋友、男朋友……結果她連媽媽也要搶走。」

「沒有那種事……」

「你為什麼要來這裡，加島同學？」

黑瀨同學抬起頭，一滴淚水從紅通通的眼睛滑落。

「啊，呃……因為我看到妳往校舍走……」

當黑瀨同學哭泣的臉讓我慌了手腳，她板起了面孔。

「別管我。不是說過嗎？我不需要月愛的男朋友安慰。」

「可、可是……」

「你走吧。反正我對你不重要吧？」

黑瀨同學直直地瞪著我。

「沒有不重要。」

我的話讓黑瀨同學的眼睛微微顫動。

「……因為我是月愛的妹妹？」

「……有一部分是……而且我們也是夥伴啊。」

「手冊組的？」

「唔、嗯。」

「而且又是同學……」

不知道為什麼，我有點慌張。

「我喜歡你。」

「我還是喜歡加島同學。所以，拜託不要害我更喜歡你啦。」

黑瀨同學不由分說的這句話，使我啞然失聲。

她悲痛的表情甚至泛起怒意。黑瀨同學哭出來了。

「……讓你很困擾吧？那就走吧。」

黑瀨同學看著一句話也說不出的我，露出嘲諷般的微笑。

即使如此，我仍然不想走。要我丟著傷得如此重的她不管，這種事我做不出來……

因為就算她裝出強硬的態度，我也早就認識了真正的黑瀨同學。

其實她是一個應該受到眾人喜愛的女孩子，就像月愛那樣。

只因為做錯一件事就被孤立的她實在太可憐了。

如果連我都一走了之……她究竟會嚐到什麼樣的孤獨滋味呢？

身為她的同學……身為一個人，我感覺自己不能做出那樣的行為。

看到我不所為動，黑瀨同學的眼睛再次滲出淚水。

「如果你不走，我……就不會放棄你。」

接著她彷彿帶著怒氣說著。

「這樣你也沒關係嗎？」

「…………」

我無法回答。

並不是我想讓她有所期待。

雖然不是那樣……但我也不能放著她不管。

「叫你快點走啦……」

黑瀨同學皺起臉，我不禁衝到當場崩潰大哭的她面前。

「黑瀨同學……！」

由於我穿的也是運動服，身上沒有帶手帕或衛生紙。

有什麼可以擦眼淚的東西……就算把上半身的運動服脫給她，自己打赤膊，也只會造成她的困擾吧？……就在我慌張地搜遍全身時。

「……呵呵。」

我朝笑聲傳來的方向望過去，看到眼前的黑瀨同學笑了出來。

幾絲黑髮黏在被淚水濡濕的臉上。即使哭成這副模樣，她仍然是一位美少女。

「……加島同學，你太溫柔了。」

她的臉頰染成了粉紅色，綻放柔和的笑容。

看到這樣的她，我赫然回過神。

「啊，黑瀨同學，那個，我……！」

——如果你不走，我……就不會放棄你。這樣你也沒關係嗎？

她都說了那樣的話，我卻還待在這裡。

如果讓她有所期待，我會對不起她。

畢竟我沒有和月愛分手的想法。

就在不知道該怎麼對她說的我手足無措時，她再次露出自嘲的笑容。

「……我已經知道你的想法了。別讓人家被拒絕那麼多次啦。」

那張臉上散發著哀愁的情緒。

就在這時，黑瀨同學的表情突然變得很認真。

「這是我自身內心的問題。」

彷彿在宣示什麼，她以堅定的口氣說道：

「無論我喜歡上誰，我想繼續喜歡誰……那都是由我來決定。我的心要怎麼走，是我自己的自由吧？」

她這麼說著，對我微微一笑。

「所以是我單方面喜歡你。」

那是宛如凜然的花朵，英氣十足的笑容。

「……就只是這樣而已。」

抱著腿低聲細語的黑瀨同學眼中已經沒有淚水。

撥開黏在臉上的黑髮，抬頭仰望藍天的她，比過去我愛上她的那個時候更加美麗。

◇

運動會結束之後，學校裡一下子轉換成期待校慶的氣氛。

就在準備進入最後階段的時刻，我們也非得做出某個決定了。

「關於封面的設計，本公司根據兩位的意見製作了兩種版本。」

在會議室召開的手冊組會議上，印刷公司的女職員拿出了兩張紙。

我們對刊物製作毫無經驗，因此在手冊製作的版面設計上完全依靠印刷廠的協助。對方就在我們面前準備了月愛與黑瀨同學各自提議的「粉紅色調加閃亮裝飾」與「黑白單色調的典雅設計」兩種設計的樣稿。

「哇，好可愛！還是選這種吧～～！」

月愛拿起的樣稿，是在灑了亮片的亮麗粉紅色紙張上印了纖細的燙銀字，邊緣還畫了蝴蝶的圖案。要男生拿起這樣的冊子，會有很強烈的抗拒感。

「那是妳的個人喜好吧？要給所有人用的話，絕對是選這邊比較好，而且看起來又很時髦。」

黑瀨同學所拿的樣稿，是在充滿高級感的黑白大理石紋紙張上印了燙金字，字體是偏細的哥德體，看起來就是非常典雅的設計。

「兩邊都設計得很棒，但已經沒有時間猶豫了，今天就得做出決定。」

指導手冊組的老師看著走在平行線上的兩人，如此說道。

「唔～如果我是高中生，會覺得這邊的比較可愛，看了會讓情緒變高昂。」

印刷廠的女職員指著月愛支持的設計。

「但本校不是女校。若考慮到男生與家長，毫無疑問就是這邊。」

老師則是站在黑瀨同學這邊。

這下子就是一比一。

不妙，不妙了喔……

心中焦急地這麼想著的我與老師對上了視線。

「加島同學怎麼看？你也是男生代表，講清楚比較好喔。」

怎麼會這樣……

「……這、這個嘛……」

月愛與黑瀨同學看著我，兩人都不安地皺起臉。

會有這樣的反應也不奇怪，畢竟我的意見很可能決定封面的設計。

「呃……」

我的真心話是，我很想支持黑瀨同學。

但是這種話說得出口嗎？

之前從圖書館回家時，已經在黑瀨同學家門前撞見月愛，搞得氣氛很尷尬了。

「…………」

還是不行。就算現在的議題是要決定手冊封面，我仍然無法選擇黑瀨同學。

「……這、這次的校慶，既然主題是『For the future』……應該選擇符合『未來是玫瑰色』這句話的……」

理、理由太爛了。

但是，我必須想辦法把風向帶往支持閃亮粉紅的設計。

就在我腦中這麼想，努力編造牽強附會的理由時。

「……可以了，龍斗。」

月愛輕輕說著。

她露出消沉的表情望著我。

「請你說實話……人家不希望害你說謊。」

聽到這句話，我赫然醒悟。

——聽說騙子把手伸進那張嘴，手就會被咬掉喔。

——那你就不用怕了。因為你是「The Last Man」嘛。

因為我想起了她在維納斯城堡所說的話。

「……所以你的決定是什麼，加島同學？」

老師一臉莫名其妙地詢問我。由於他不是我們這個年級的導師，或許不知道我和月愛的關係。

「…………」

發不出聲音。

我明明不該做出這種事。

不該棄月愛而選擇黑瀨同學。

但是……

月愛以懇求般的眼神注視著我。

——人家不希望害你說謊。

她的聲音一直在我耳邊徘徊，繚繞不去。

「……我……」

黑瀨同學低頭垂下肩膀。

我盡力讓自己不看向露出那種模樣的她，開口說道：

「……如果要我拿在手上，我覺得單色調的設計比較好……」

一時之間，我無法看著在場任何人的臉。

只能聽到月愛重重地吐出一口氣。

◇

那天回家的路上，我和月愛沉默地從A站走向白河家。

早上的天氣已經是陰天，到了傍晚終於開始下雨。在這場淅瀝淅瀝地下著，彷彿梅雨季捲土重來的雨之中，我和月愛兩人各自撐傘走著。

真後悔自己為什麼帶了傘。感覺兩把傘的間隔就代表著我們兩顆心之間的距離。

導覽手冊的封面設計最後採用了黑瀨同學的提案。

我沒有臉面對月愛。

我看著每次踩到地面就會濺起水的鞋尖，默默地往前走。

「……最近人家在想——」

月愛似乎想說什麼。但我轉頭過去，她並沒有看我，只是盯著自己的腳下。

「比起人家……你其實更適合海愛呢。」

「妳在說什……」

當我想反駁時，月愛才終於望向我。

「事實就是這樣嘛。你們對手冊封面有同樣的偏好，還有遊戲實況？之類。比起人家，你和海愛的共通點還比較多吧。」

「手冊的事是我對不起妳。我本來想站在妳這邊……」

「這種安慰就不必了。就算你假裝支持人家，人家也不會開心。」

月愛的表情與口氣都沒有慍色，只有無盡的悲傷。

「……人家剛開始是因為你和人家完全不一樣，所以覺得有趣。」

她這麼說著，低下了頭。

「但是越喜歡你，就越發現你和人家其實是完全不同類型的人，就開始感到不安。」

「那……」

「人家開始想著：『自己適合你嗎？』『你會一直願意和這樣的人在一起嗎？』……『你會一直愛著人家嗎？』這些問題。」

「那種問題……」

還需要問嗎？

打從一開始我就知道彼此的不同。即使如此，我還是想和她在一起。

然而不等我回話，帶著沉重表情的月愛就繼續說下去。

「龍斗你以後也許會受不了喔。人家是辣妹，辣妹會做的事大概都想做。無論是想去的地方或想做的事，你應該對那些都沒有興趣吧？」

「不會……就像我也喜歡珍珠奶茶……」

「頂多只有珍珠奶茶吧！」

月愛似乎有點煩躁，口氣變得凶了點。不過她立刻又消沉下來。

「……海愛她……一定也喜歡珍珠奶茶……」

「…………」

我恍然大悟，明白了一點。

——妳想嘛，我們對食物的喜好不是差不多嗎？所以人家覺得妳一定也會喜歡……

我想起了送黑瀨同學回家時，月愛拿著可朗芙所說的話。

垂頭喪氣的月愛對沉默的我低聲說著：

「……你和海愛交往可能會比較幸福吧。」

「妳到底在胡說……」

「畢竟你以前不是喜歡她嗎？如果沒有人家，你現在搞不好就和海愛交往了。」

「但是那種『如果』沒有發生。」

我回了皺著眉頭如此傾訴的月愛一句。

「比起空想猜測……眼前的事實比較重要。」

「但現實是海愛就在我們面前！每一天都在！」

這時，原本語氣強烈的月愛突然換了個想法似的垂下肩膀。

「……人家神經沒有那麼大條……無法在明知你們對彼此都有意思的情況下，還裝作不知情，繼續和你交往……」

月愛這麼說著，再次望向我。

「運動會閉幕典禮時，你和海愛在一起對吧？」

「…………」

我的呼吸瞬間停住。

我並沒有對月愛透漏當時在頂樓的事。那是因為黑瀨同學看到月愛在大家面前和母親和樂的模樣，覺得自己被排擠在外。而前去安撫她的那項行為，感覺就像在責備月愛的所作所為。

我以為那天頂樓上沒有其他人，難道有誰看到了……月愛望著倒抽一口氣的我，表情變得很難看。

「……果然是這樣。」

我這才驚覺真相。

並非有人向她通風報信，只是因為我們兩人都不見了，她才如此猜測。

「不是啦，那是因為……黑瀨同學在哭。」

事已至此，只好對她說明原委。

「自己邀請來的媽媽被大家當成月愛一個人的媽媽，好像讓她很寂寞……」

「人家知道。龍斗很溫柔呢。」

月愛臉上原本掛著有點淒涼的微笑，此時微笑的成分消失了。

「雖然對海愛不好意思，但是人家也一直都很寂寞啊。向偶爾才能見面的媽媽撒嬌，是那麼過分的事嗎？」

「…………」

我無法回答。

有錯的不是月愛，當然也不是她母親的過錯。

而是一開始就攻擊月愛，害自己不能公開雙方姊妹關係的黑瀨同學自作自受。

但是……當時的我無法讓她一個人獨自哭泣。

因為我察覺到了。

察覺到她的孤獨。

「你可以體會他人的感覺，才沒辦法放著海愛不管吧。」

月愛表示自己理解後，皺起了眉頭。

「但因為對方是海愛……人家不能就這麼算了。」

她低聲如此說著，側臉美得令人屏息。明明處於這種情況下，我卻幾乎對她看得入神。

「你很溫柔……所以人家覺得有些話非說不可。」

「月愛，我……」

我不知道該說什麼才好。

畢竟月愛並不是在責備我。

「……人家暫時不會跟你聯絡了。」

月愛的話深深刺痛我的胸口。

「希望龍斗你能仔細想想……繼續這樣和人家交往好嗎？」

「不，就說了，我……！」

連想都不用想，月愛對我很重要。雖然我是這麼認為——

然而月愛已經聽不進我的話，獨自衝進雨中。

「……月愛！」

我很想追上去，雙腳卻一動也不動。因為我知道自己追不上她。

我不可能追上拿出真本事的月愛，況且她家就在前面了。

在連綿不絕的雨絲當中，我只能茫然望著那逐漸縮小的背影。

聽著白河家大門關上的聲音，我想起……啊，對了，今天是我們交往三個月的紀念日。

第四・五章　黑瀨海愛的祕密日記

加島同學好奸詐。

我以為可以就這麼淡忘他。

明明差一點就能讓這段關係變成回憶。只差一點點了。

被如此溫柔地對待，不就會讓人想忘也忘不了嗎……

加島同學好過分。

他明明絲毫沒有打算選擇我的意思。

我很清楚。

加島同學的眼中永遠只有月愛。

即使如此，當他像這樣……偶爾心血來潮表示關心時，我根本沒辦法保持冷靜。

那讓我有了期待，覺得自己或許可以得到他的愛。

他心中的第一名是月愛，我明白這點。

但是搞不好，搞不好……我可以當第二名？

不過如果我當了他的第二名，月愛一定會無法忍受吧。

她可能會為了身為第二名的我主動抽身，結束與加島同學的關係。

我並不希望事情變成那樣……

我明明不希望變成那樣……但是我那顆愛著加島同學的心卻盼望如此。

就像是暗夜之中，悄悄開在內心深處的一朵花。我期待著那樣的發展。

連我都無法控制自己的想法。

那宛如炸彈的小小野心就藏在內心深處……然而，我覺得似乎就是擁有那樣的念頭，自己才能熬過孤獨的日常生活。

從那天開始，月愛就不再每天早晚傳ＬＩＮＥ給我了。即使我傳訊息過去，也被她忽視，一直都是未讀狀態。

在導覽手冊組的會議中遇到時，她也都和我保持距離。

這種情況持續好幾天，我終於受不了了。

「那麼，接下來就等試印的冊子送來後再集合一次吧。大家辛苦了。」

導覽手冊的稿件終於在今天收集完成，進入送稿階段。老師說完話，我們就原地解散，準備回家。

我隨手抓起書包，衝到走廊追向最先離開會議室的月愛。

放學已經過了一個小時，校內只剩下進行社團活動的學生，走廊上空無一人。遠處則是傳來管樂社練習的聲音。

「白河同學……」

她沒有回頭。

「白……………月愛！」

月愛渾身一顫，停下了腳步。

我趁這個時機小跑步靠近她。

月愛緩緩轉過頭，望向我的她臉上掛著難過的表情。

「那個，我……」

就在我希望至少讓她聽我說幾句話，靠到能小聲交談的距離時。

「啊……！」

月愛突然掏著裙子的口袋，拿出手機。手機的螢幕亮起，還不斷震動。畫面上顯示的只有來電者的電話號碼，但月愛看見後就張大眼睛，按下通話鍵。

「這通電話很重要。抱歉，下次再說……！」

她快速地說完，隨即將手機貼到耳朵上。

「是的，沒錯……咦，現在嗎？」

月愛轉身背對我，接著立刻充滿精神地邁開腳步。

「……沒問題，我這就過去！」

會是誰呢？既然月愛用這種恭敬的說話方式，代表對方應該不是朋友。難道是年紀比她大的人？

不知道對方是男的還是女的……當我想到這裡時，發現內心出現了不安的雜音。
她說那通電話很重要。如果是平時，我應該會隨口問出：「是誰打的？」
走在她的背影離去的走廊上，無計可施的我只好獨自離開學校，前往補習班。

今天關家同學難得不在自習室。由於平日高中畢業生的課程是在白天，照理說放學後來補習班毫無疑問能碰到關家同學。
我看了一下手機，就發現他在幾分鐘前傳了LINE給我。

關家柊吾
我今天換老師，要去澀谷分校，現在到池袋了。
我要去見個人，還要一段時間才會去自習室。

「……真難得。」
一直躲避熟人的關家同學竟然會去見人。

自從上補習班的事被黑瀨同學發現後，關家同學都會配合我進補習班的時間，和我先到休息室隨便吃點東西再去自習室。我今天本來也打算這麼做而到便利商店買了麵包，現在只好一個人走去休息室。

反正就算黑瀨同學來了，她也總是和T女的朋友們待在一起……我一邊這麼想著，一邊推開入口的門。

接著，獨自坐在休息室窗邊的黑瀨同學就映入我的眼簾。

原本應該是我先離開學校，但或許是中途有繞去便利商店一趟，所以她比我先到。

黑瀨同學正一邊喝飲料一邊看課本。

她好美啊——我心中想著。連裝紅茶的寶特瓶看起來都像是附有碟子的茶杯組。她和月愛最大的不同，應該就是這種宛如千金大小姐的優雅氣質吧。

「…………」

她完全沒有注意到我。

由於她不是坐在出入口對面的位子，我也裝作沒注意到她，在門口附近坐下。

然而……

「……加島同學。」

就在吃完麵包的時候，我突然發現黑瀨同學就站在面前。

「真稀奇，你竟然一個人來。之前不都是和朋友在一起嗎？就是那位個子很高的……」

「啊，是啊……」

黑瀨同學的搭話害我慌了手腳。再加上她稱關家同學為我的「朋友」，讓我感到有點害羞，視線不禁到處亂飄。

「黑、黑瀨同學也一樣啊。妳的T女朋友呢？」

「這週是秋假，她們只有上課時會來。」

「秋假？」

貴族女校竟然還有這種假期啊……正當我感到羨慕的時候，黑瀨同學輕輕笑了。

「是啊，嗯。T女是兩學期制，與其說是秋假，應該算考試假吧？她們剛考完上學期的期末考。」

「咦，兩學期制？上學期在十月就結束了？」

對那個制度不清楚的我這麼問道。黑瀨同學或許是認為我們會聊一段時間，便拉了張椅子坐到我對面。

「對。在時間劃分上，兩學期制和三學期制只差在有沒有秋假。」

「哦……好好喔。」

「對不對？我最喜歡T女了……但現在已經不在那裡了。」

黑瀨同學的臉蒙上一層陰影。

「……轉學的時候，我拜託媽媽至少讓我去補習班。因為有很多朋友上K補習班，而且池袋分校也有幾個很要好的朋友。如果只上標準英語一堂課，學費就很便宜，還可以每天都來自習室。」

「妳每天都來啊？真厲害。」

她還只是高二生耶。就算是我也不會每天來。

黑瀨同學臉上掛著微笑，對感到佩服的我垂下頭。

「沒什麼厲害的……我只是在逃避而已。」

「……什麼意思？」

感到在意的我提問之後，黑瀨同學就露出虛弱的微笑。

「我外公得了老年痴呆症，已經好幾年了……雖然有外婆照顧他，也過得很辛苦……」

「啊……原來如此。」

我不知道有這種事。這麼說來，月愛的媽媽那邊的奶奶並沒有親自照顧自己的母親紗代女士，而是拜託真生先生照顧。那邊有什麼樣的內情我就沒問了。

「媽媽再婚後離開家裡，這幾年都沒有回家……等到她再次離婚回老家，就聽說外公的症狀已經惡化了。」

由於她正在講很嚴肅的事，沒辦法輕鬆地附和，我只能默默點著頭聽下去。

「媽媽有工作在身，我知道自己應該待在家裡幫忙外婆……但是我實在不想和現在的外公待在同一個空間……所以就不自覺來這裡了。」

聽到這些話，我想起了某件事。

「……黑瀨同學，妳暑假時也在嗎？我那時在這裡上暑期輔導……」

「真的嗎？」

黑瀨同學睜大了眼睛。

「暑假時人太多了。我一直待在自習大樓或是去阿姨家，幾乎不在本館。」

「原來如此……」

難怪我都沒遇到她。

「只要來這裡，就能見到我最要好的朋友們。而且……我也想上大學。」

黑瀨同學開心地露出微笑，如此說道。

「大學可以靠獎學金付學費。我希望能上T女朋友們的目標學校，再和她們在同一個校園裡見面。」

「這樣啊……」

雖然說到貴族女校，會給人直升大學那種一貫式教育的強烈印象，不過T女的成績偏高，應該也算升學學校吧。

愉快地暢談目標的黑瀨同學繼續說著。

「我喜歡漫畫……一直想做漫畫編輯之類的工作。遊戲雜誌編輯也不錯。」

「哦……」

她那麼喜歡那些東西啊？

「那麼……要不要當漫畫家？」

黑瀨同學對我這個單純的疑問稍微笑了笑。

「我覺得自己不適合當創作者。雖然看漫畫時會有『改成那樣明明會更有趣』的想法，卻不會認為『那乾脆自己來畫吧』。」

「這倒是沒錯……」

我在看遊戲實況時喜歡表達很多意見，但並不會心生自己當直播主的念頭，就和她的想法一樣。

黑瀨同學此時突然望向我。

「加島同學以後想做什麼職業呢？」

被黑瀨同學那大大的黑眼珠直視，我莫名感到慌張。

「不、不知道耶……雖然還沒有想法，我打算先上大學再說。」

「文科？理科？」

「文科吧……我不太擅長理科的科目。」

「嗯……」

黑瀨同學稍微想了一下。

「感覺加島同學似乎適合當老師呢。」

「咦？老師？」

第一次有人對我這麼說。

「嗯。既然好不容易上了大學，選擇進大學才能做的職業比較好吧？感覺加島同學可以成為替每一位學生著想的好老師。」

「……沒考慮過那個方向耶。我應該會找間公司上班吧。」

「那也不錯呀，你想去哪間公司？」

「呃，還沒什麼目標……」

我頂多想過盡可能進好一點的公司……在我的能力範圍內薪水最高的公司。

「如果打算去公司上班，進顧問業如何？畢竟加島同學為人很親切嘛。」

聽到黑瀨同學這麼說，我感到驚訝。

「顧、顧問……？」

「我也不太了解，據說是接受顧客諮詢業務問題的工作。」

「唔……？」

第一次聽說。

「黑瀨同學很熟悉公司的種類呢。」

「最近有稍微查了一下。我覺得跟媽媽說『我想上大學』的時候，必須說明自己打算進什麼樣的公司，所以才想去出版社。」

黑瀨同學有點害羞地對我說明。

「如果不先查公司的具體徵才資料，向她說明大學畢業對就業比較有利，就會缺乏說服力吧？不過媽媽似乎也對學歷造成的工作待遇差異很有感觸，意外爽快地贊成我的意見。」

「這樣啊……」

我的父母都是大學畢業，姊姊也上了大學，所以直到上大學都像是走在既定路線上，完全沒想到要為了顧及未來而說服家長。

——月愛是成熟的大人了。

黑瀨同學之前這麼說過。

但是在我眼中，現在的黑瀨同學看起來也十分成熟。

她是一位類型異於月愛的……傑出女性。

「當老師或顧問嗎……」

那天，離開自習室的我獨自走在前往車站的路上，嘴裡如此嘀咕著。

這是從我懂事之後，腦中那種模糊不清的燦爛未來的想像化為具體形象的瞬間。

當教師確實可以預期獲得安定的收入，而經營顧問似乎是東大生之中目前最受歡迎的職業之一。

「哦……而且薪水好像很不錯。」

我邊走邊看手機查到的網頁，自言自語。

「……月愛往後有什麼打算呢？」

月愛仍然不確定自己畢業後的出路。

——活在當下，為了生存而生存。就像人家至今所做的一樣。就算人家是這樣的人，你還是能愛著人家嗎？

當然了。

這份感情至今沒有改變。正因如此，我沒辦法對她過問太多。

話說回來……

我竟然就在與月愛關係尷尬的時候，和黑瀨同學私下聊天。

而且這段時間不但富有意義又有趣愉快……如今意識到了這點，一股非比尋常的罪惡感襲上心頭。

「可惡～～都是關家同學和秋假的錯啦～～……」

我知道這股怨氣找錯了對象，仍不禁想怪罪他人。

明天一定要和月愛好好聊一聊。

然後，讓她明白我的想法。

下定決心後，我毅然決然走向人群湧入的驗票閘門。

◇

之後，隔天上學時。

「加島同學～～！」

當我準備從校門走向樓梯，身後就傳來噠噠噠的跑步聲與逐漸接近的呼喚聲。

我回頭一看，是谷北同學。

「人家有話想跟你說，能在這裡遇到真是太好了！」

谷北同學說完，便朝前後左右四處張望。

「……露娜她不在呢。你過來一下！」

谷北同學帶我到校舍後方的教職員專用停車場，也就是我把月愛找去告白的地點。

「谷、谷北同學？到底怎麼……」

「你聽好了，千萬別太震驚喔。」

谷北同學一臉嚴肅地看著我，從那雙大眼睛散發出的緊張感有夠嚇人。

「……露娜她可能有在做爸爸活（註：日本特有的次文化，指年輕女性與年長男性約會，進而收取費用）。」

「……爸、爸爸活……？」

緊張感瞬間冰消瓦解。

那句話讓我大大地鬆了口氣。

太好了。我相信月愛，知道月愛不可能做那種事。

雖然得聽完谷北同學的話才知道是怎麼一回事，不過她是個有點我行我素的人，一定是搞錯了。

「爸爸活……就是那個吧？年輕女生和年長的男人一起喝茶聊天，再跟對方收錢的那種工作？」

「對。」

仍維持認真表情的谷北同學點了頭。

「……最近人家一直覺得有點奇怪。之前聯歡會的時候，露娜拿的是古馳的包包，人家以前從來沒看過那個包。然後上週六遇到時，她竟然又拿著迪奧的托特包！」

「呃、咦……？」

這些高級精品名牌的名稱連我都知道，想必都要價不菲吧。

「一個要三十萬喔！依照系列與大小的不同，可能還更貴！會不會太誇張了？那不是女高中生拿得起的東西耶。」

「唔，嗯……」

說起來，我對時尚流行沒有興趣，對月愛隨身物品的品牌就沒有特別在意。

「……那應該是跟奶奶借的吧？她很喜歡打扮嘛。」

和月愛同住的奶奶會學草裙舞，又有買鬆餅機。從月愛的形容聽來是個嗜好相當新潮的人，有幾個名牌包也不奇怪。

「咦～可是她直到最近才突然開始借名牌包，不會很奇怪嗎？露娜以前喜歡的是平價包包喔。」

「是、是這樣嗎……？」

從未與月愛聊過包包相關話題的我在這場討論有點屈於下風。畢竟谷北同學是女生，還打算進服飾相關的專門學校，應該經常與月愛聊到流行時尚的話題吧。

「妳沒問白河同學為什麼會拿著名牌包嗎？」

「問不出口呀～～那種問題會讓人家感覺像在嫉妒。不過如果露娜拿出來炫耀，人家會追問下去就是了。」

這樣啊。不知道是不是女生之間的相處本來就如此，還是僅限於月愛與谷北同學之間。

「……然後呢，如果只有包包也就算了，人家昨天看到了……」

「看、看到什麼？」

谷北同學的語氣變得更加緊繃，讓我也緊張起來。

「人家昨天去池袋的K－POP館賣掉重複抽到的VTS週邊商品，回家的時候在車站前看到了露娜……正想打招呼的時候，才發現她跟男人走在一起。對方還是年長的人。」

「咦……」

聽到這段話，我想起昨天月愛接到的那通電話。

——咦，現在嗎？……沒問題，我這就過去！

就是打那通電話的人。

原來是男的啊……打電話的對象年紀比她大的猜測看來被證實了。

「…………」

我並不是懷疑她有在做爸爸活，然而我的心臟卻跳得比剛才快。

「妳、妳說的年長男人……是不是這個人？」

我帶著一絲希望，將手機裡真生先生的照片拿給她看。那是夏天時我和月愛在海之家與他一起拍的三人的合照。

「不對，不是他。」

谷北同學無情地搖了搖頭。

「是更年輕的人，看起來像大學生。」

「大學生……有辦法當……乾爹嗎？」

面對我單純的疑問，谷北同學歪著頭回答：

「不知道耶。只要有在打工之類，賺了錢都能當吧？而且搞不好他不是大學生，是社會人士。」

說的也是……那種問題就算在這裡想半天也不會有答案。

月愛……跑去做爸爸活……？

我實在很難相信。

但是……

——龍斗你以後也許會受不了喔。人家是辣妹，辣妹會做的事大概都想做。

我想起月愛在那個雨天所說的話。

「……只要是辣妹都會去做爸爸活嗎？」

「咦？」

被我這麼問到的谷北同學眼睛睜得大大的。

「這個嘛……因人而異吧？即使是清純型的女生，會做的人就是會做。酒店小姐之類要客人進貢的職業在很多人的印象中都是辣妹在做，但不管是酒店小姐還是爸爸活，人家都沒有興趣就是了。」

「這、這樣啊……說的也是呢。」

我被說服了。

「……那麼，妳覺得『辣妹會做的事』是什麼呢？」

「咦～～那是什麼問題？那也因人而異吧？人家是想做什麼就做什麼喔。」

「這樣啊……」

「因人而異」這句話確實是真理。世上的每件事大多是如此。

我之所以明明心知肚明，卻還拿這問題詢問谷北同學，或許是因為我還不太了解月愛。

她喜歡什麼，打算做什麼，腦中想著什麼呢……

一想到這裡，我就覺得自己好丟臉。

……但是，我仍然認為她不會去做爸爸活。我堅信這點。

「……谷北同學的意思是，妳認為月愛是會做爸爸活的人嗎？」

我換了角度提問，谷北同學愣了一下。

「……這個嘛……人家不知道喔。」

她的表情有點尷尬。

「露娜是個好孩子，但也有點讓人擔心的地方吧？該說是少根筋嗎……而且她最近和你不太順利吧？人家是聽妮可說的。露娜以前和前男友的關係就很那個，如果和你的感情又變得不穩定，搞不好……就會自暴自棄。」

「這樣啊……」

我稍微了解在谷北同學眼中的月愛是什麼樣的人了。雖然我仍然無法相信她會去做爸爸活，但也有些同意她的地方。

「如果對妮可說：『露娜好像在做爸爸活耶。』她一定會一笑置之：『怎麼可能嘛。』但人家是二年級才和露娜變成朋友，沒辦法那麼相信她……畢竟人家對她還不熟。」

谷北同學彷彿在為自己辯解，忸忸怩怩地說著。接著她抬起頭望向我。

「如果是人家搞錯就算了，但如果真的是那樣……人家想到這裡就很不安，覺得應該把這件事告訴你。」

「……我明白了。」

聽過這些話後，決定該怎麼做的是我。

「謝謝妳替我擔心。」

當我這麼說完，面露不安的表情，感覺坐立難安的谷北同學似乎稍微鬆了口氣。

我知道她確實是出於善意才會告訴我這件事，這讓我內心感到十分複雜。

老實說，我很震驚。

月愛應該不至於做出爸爸活這種行為，但無論有什麼內情，月愛和男人走在一起似乎仍然是事實。

我希望盡快得知實際情況以早日安心。例如那個人是表兄弟或姊姊的男朋友，一定是這樣的。

我這麼想著，情緒卻完全無法平復下來。原因就是我心中浮現了一個比爸爸活更具真實感的可能性。

前男友。

月愛以前說過，她在分手的時候會把對方的ＬＩＮＥ好友整個刪掉。但如果對方知道或記得月愛的手機號碼……那個沒有登錄名稱，只有電話號碼的來電畫面……那種客氣的說話方式，不就是那麼一回事嗎？

但是和已經保持距離的前男友見面，究竟有什麼話好說？戀愛諮詢……？難道是向對方抱怨我嗎？

我想快點跟月愛確認。

然而，我該說什麼？

我自己都沒有向月愛報告與黑瀨同學在一起的事，又有什麼臉質問「妳跟其他男生在一起吧？」這種話呢？

至少在目前這種狀況下，那種行為只會讓我跟她的關係更加惡化……

該怎麼做才好……正當我反覆苦思，一邊走向教室的時候。

「喂，阿加！」

阿伊在走廊上叫住了我。阿仁也在他的背後。

「早安……」

不過他們可怕得不像是單純向我打招呼。

「你和谷北同學說了什麼？」

「我看到嘍。阿加和谷北同學在停車場偷偷摸摸地講話。」

阿伊如惡鬼般氣勢洶洶地說著，阿仁也帶著恐怖的表情補上一句。

「呃，那是……」

由於內容不方便說出口，我有點猶豫，沒辦法立刻回答。

「是、是有關白河同學的事……」

「阿加，你真的變了。」

阿仁帶著怒意打斷我的話。

「你已經有白河同學這個女朋友，又對黑瀨同學出手，這次還輪到谷北同學？」

「無法原諒……你已經不想當人了嗎？你沒有人類時代的理性了嗎？」

由於事關谷北同學，阿伊一臉就要動手似的把臉湊過來。

「不是啦，就說是白河同學的事……」

「白河同學的什麼事？」

「…………」

「看吧，答不出來嘛～～少在那邊胡謅！」

被阿伊如此斥責，我咬緊了嘴脣。

原本腦袋就已經快要爆炸，這下子思緒更是亂成一團。

「……抱歉，先別理我……」

雖然想找人商量，但阿伊與阿仁已經不肯聽我說話了。

現在若是再向女生搭話，只會讓事情更複雜，因此沒辦法找山名同學。至於黑瀨同學，在各種意義上都是毫無道理的選擇。

煩惱不已的我如今只能依靠一個人了。

「……這下子事情變得很不得了呢。」

放學後在K補習班的休息室裡，聽完我說明的關家同學抱胸沉吟。

由於今天已經沒有導覽手冊組的活動，我放學後就立刻到補習班，現在還是休息室人不多的時間，也沒看到黑瀨同學的人影。

「所以山田你打算怎麼做？」

「我……」

我邊思考邊回答。

「我想跟她和好……然後問跟她見面的那個男人的事。」

「和好之後再問她這個問題，不會讓雙方的關係又變尷尬嗎？」

「…………」

「山田，你現在就是想知道那個男人的身分吧？既然如此，我來幫你問吧。」

關家同學揚起嘴角笑著說。

「咦？幫、幫我問……你的意思是直接去見她嗎？」

「這樣當然是最好啦。用電話問會很奇怪吧。」

「…………」

我對讓月愛與關家同學見面感到有點焦慮。當我注意到這股情緒是源於對關家同學這種高挑帥氣現充（至少在重考前）的自卑，就有些自我厭惡。

「……我明白了，那就拜託你了。」

我將心一橫，如此回答。

「可是你要怎麼做……？」

「啊～～我記得下週你們那邊有校慶吧？找我去吧。我偶爾也想轉換一下心情，一直在等你邀我呢。」

「咦？」

關家同學自信滿滿地對吃驚的我如此提議：

「然後呢，在學校看到你女朋友的時候跟我說一聲，我會用『啊，妳就是之前在池袋跟男人走在一起的女生吧？』這種裝笨的方式向她搭話。」

「……這種話由你來說，聽起來就像新的搭訕手法……」

「但如果和你走在一起，她應該會知道我不是可疑人物吧？若是男友的朋友在自己男友面前講出那種話，她就不得不說明清楚了吧？」

「說得對……」

雖然這種做法有點不自然，還顯得拐彎抹角，然而在這個時間點，我也想不出更好的方案。

「這樣一來就能見到山田的女朋友，真期待啊……不過既然她人在池袋，搞不好我也曾在哪邊看過她喔～」

我對態度輕率又雀躍不已的關家同學懷抱一絲不安，腦中預演下週校慶的狀況。

◇

接著，時間來到校慶開放一般民眾入場這天。

導覽手冊組一週前就檢查過印刷樣品，並且將廠商交付的成品轉交給接待組人員，當天已經沒有工作了，因此只有在其他組有需要時才會過去幫忙。

我沒有掌握到月愛與黑瀨同學今天的行動。應該不是各自在幫其他組的忙，就是自由活動吧。

關家同學上午在補習班，預計下午才會過來。

下午一點過後，受到執行委員長拜託，留守設置於接待區旁邊的委員會本部帳棚的我不時查看手機，觀察經過接待區的人群。因為關家同學剛才傳ＬＩＮＥ過來，通知我他已經出發了。

就在這個時候。

「咦，那個人是不是有點帥呀？」

「啊～～我懂。小彩好像就是喜歡這種類型呢。」

聽到負責接待的一年級女生竊竊私語，心中有底的我探頭一看，果然是關家同學到了。

「嗨。」

通過接待區的關家同學發現位於帳棚的我，直接走了過來。

接著，幾乎所有接待人員與待在帳棚的學生們全都望向我。

「……咦，他認識那位學長？」

「真意外……啊，不過我記得那個人是二年級白河同學的男朋友喔。」

「啊～～原來如此。既然是有漂亮女友的人，朋友的水準當然也很高呢。」

我聽到剛才那幾位接待女學生的悄悄話，不禁感到更加難為情。

這時剛好有人來接替留守，於是恢復自由活動的我便和關家同學走進校園。

不管我們到什麼地方，處處都能感受到女生的視線。大家都一邊偷看關家同學，一邊對我投以意外的眼神。

「…………」

有點讓人害羞耶……

雖然和月愛在一起時也經常感受到類似的視線，不過以月愛的情況來說，比例上大約是男女各半。像這樣沐浴在全是女生的視線之下，害羞程度整整多了一倍。對於邊緣人，這是無論體驗幾次都無法習慣的事。

好想快點找到月愛達成目的……我這麼想著，在校內晃來晃去尋找月愛的身影。

從那之後，我和月愛之間的氣氛一直很僵。由於懷疑她與前男友私下密會，我也經常不由自主地迴避她。

暑假過後，我以為自己與剛開始交往時不同，已經萌生身為月愛男朋友的自信了。

然而現實卻是一旦在月愛的周遭瞥見前男友的影子，我的自信就會脆弱地產生動搖。

老實說，我很怕確認真相。

但是，我絕對不想讓雙方感情就這麼自然消失。

我希望讓月愛徹底明白我的感情，要化解芥蒂，讓她知道我想交往的對象不是黑瀨同學，而是她。

為了這個目標，我也必須弄清楚她和前男友密會的疑雲真相。

我這麼想著，拖著沉重的腳步緩緩走在校園裡。

「…………」

今天的關家同學難得話這麼少。他帶著緊張的嚴肅神情，像在找某個人似的以謹慎的眼神四處查看。

「……真的假的啊……看這種制服，果然是那麼回事……」

「……怎麼了嗎？」

見他喃喃自語不知道在說什麼，我好奇地問了一下。不過他說著：「沒有啦……」隨便敷衍過去。

就在這個時候。

「啊，是加島同學！」

有個嬌小的女生從走廊對面跑了過來。

是谷北同學。

谷北同學對我說了那些話之後，並沒有因此對我改變態度，繼續把我當成執行委員的夥伴來對待。那種大剌剌的性格讓我這種容易介意往事的人有點招架不住。

「你在這裡實在太好了～～！體育館的裝飾有點掉下來，以人家的身高就算爬梯子也搆不到。現在又臨時找不到布置組的男生，可以來幫忙一下嗎？」

「咦，好、好啊……」

正當不知如何是好的我望向關家同學時，谷北同學也在同一個時間點抬頭看向他。

「啊……！」

有一瞬間，我以為她是看帥哥看得入神了，但似乎不是如此。她一臉驚訝的表情。

她接下來說出的話讓我僵住了。

「加島同學，就是這個人！這個人就是之前和露娜一起走在池袋街上的人……！」

「……！」

我說不出話來。

她說什麼？

關家同學……？

他和月愛是什麼關係？

難道是……前男友嗎？

不過仔細一想，就算真是如此也不奇怪。

既然他在高中時代經常隨便與人交往，就有可能和不知在哪裡認識的月愛交往兩三個月再分手……況且以他愛玩到考不上大學的程度，搞不好還發生過腳踏兩三條船而被女友甩掉的事。

「怎麼會這樣……」

和關家同學成為朋友讓我很開心。雖然他是帥哥，我這種邊緣人仍然可以輕鬆地與他聊天，他也經常照顧我。我由衷覺得他是一位優秀的人生前輩。

但……如果他是玩弄為了取悅男朋友非常努力的月愛，以虛情假意傷害月愛的那些前男友其中一人……

我就無法原諒這個人……

「……咦，真假？你的女朋友難道就是『白河月愛』？」

「……！」

他竟然認識月愛。

這個人……果然是她的前男友。

「我從剛才就猜她是這裡的學生，畢竟女生制服看起來有點眼熟……只是她和黑瀨同學的打扮差太多，我沒想到她們是同校。」

如果他是月愛的前男友，這些話就太過輕浮了。你連自己前女友的學校都不知道嗎？

「關家同學……你這個人……」

憤怒、輕視與失望在心中交雜，我的肩膀開始顫抖。

「我本來希望永遠都不要遇到月愛的前男友……因為我會忍不住憎恨他們。」

我握住發抖的雙拳，瞪著關家同學。

「沒想到關家同學偏偏就是她的前男友……」

就在這時，或許是因為我的模樣太可怕，讓關家同學睜大眼睛搖著頭。

「咦？哎呀，不是啦！」

「還想辯解……」

我原本還在想，月愛那天遇到的男人可能是表兄弟或她姊姊的男朋友。

但如果那個人是關家同學。

唯一能想到的解釋就只有「前男友」了。

「不對。不是啦，冷靜一下！」

關家同學緊抓我的雙肩，看著我的眼睛。

「仔細聽我說。」

我不想聽什麼藉口……關家同學對這麼想著的我說道：

「『白河月愛』不是我的前女友。」

「那又為什麼……」

「是『前女友的朋友』。」

聽到這句話，我的腦袋僵住了。

「前女友的……朋友……？」

「如果你覺得我在騙人，就直接去問我的前女友吧……既然都在同間學校，你應該也認識她吧？」

「不好意思，我完全聽不懂你的意思。你的前女友叫什麼名字……？」

當我這麼一問，關家同學就撇開視線，有點難以啟齒地說：

「山名笑琉。她是『白河月愛』的好朋友吧？」

「咦……」

山名同學……？

聽到這個意料之外的名字，我的大腦混亂得快當機了。

「呃、山名同學的前男友……？呃，是那個國中二年級時只交往兩週的……？」

「對。」

關家同學點了頭。

「會聽佛經的……？呃？那個中二病前男友？」

我一邊講一邊差點笑出來，還被關家同學瞪了一眼。

「我就說是嘛。」

紅著臉的關家同學側眼偷看谷北同學一眼。

谷北同學則是看著我們兩人，露出安心的表情。

「……也就是說，她沒有在做爸爸活嘍？太好了～～」

「啥？爸爸活？……你們的想像力未免太豐富了。」

關家同學苦笑著望向谷北同學與我。

「不好意思，我們還有些話得聊，處理裝飾的事可以找別人嗎？」

對谷北同學這麼說的關家同學視線隨意停在一處，發出「啊」的一聲朝那邊招手。

「個子有點高的那位同學，麻煩過來一下。」

被關家同學叫到，愣愣地走過來的人……是阿伊。

「有、有什麼事嗎……」

「啊，伊地知同學！來得正好～你過來幫忙一下！」

以疑惑的表情看著我和關家同學的阿伊被谷北同學搭話後，眼神一下子亮了起來。

「沒、沒沒問題喔……！」

一起小跑步朝體育館而去的谷北同學與阿伊，看起來就像跑在森林裡的小動物與大熊。

我和關家同學來到一年級用來開咖啡廳的教室。

雖然過了中午的用餐尖峰時刻，店裡仍是高朋滿座。順帶一提，本校的校慶沒有強制各班擺攤。而我們班上希望擺攤的聲音不多，所以本班並未參加。

隨便點的飲料送來之後，關家同學就對靜不下心的我直接開口了。

「之前……我記得是週日吧？當我從家裡去補習班的路上，在車站前被一個不認識的女生叫住。那個女生就是『白河月愛』。」

我默默聽著他說話。

「她可愛得讓我覺得如果自己是被搭訕就太幸運了。不過當我聽她想說什麼時，她卻告訴我：『人家是山名笑琉的高中同學。妮可到現在還忘不了你，可以再見她一面嗎？』她好像正要去山名家玩。因為看過我的照片，所以遇到我就過來搭話。」

我想起玩生存遊戲那天，月愛聽到山名同學的愛情史時露出的表情。

真像月愛會做的事——我這麼想著。她應該是在路上巧遇好友至今仍念念不忘的前男友，反射性地上前搭話吧。換作是我，就算是為了朋友也不敢那麼拚命，一定會覺得我只看過照片，應該認錯人了，或是左思右想拖太久而錯失時機。

「我那天正準備和補習班助教面談有關志願學校的事。當我告訴她自己有約快遲到了，她就從錢包裡拿出收據，用眼線筆之類的東西寫下電話號碼給我，跟我說：『人家還想跟你多聊一點，有空請打電話過來。』」

我簡直可以看到她那副模樣。為了山名同學，她一定很努力吧。

月愛真是可愛。

「之後我忘記是哪一天，整理書包時翻出那張收據才想起來。雖然她太像辣妹了，不過因為有夠可愛，我想說就算只是和她見面也好，就試著聯絡她。」

關家同學注意到我似乎想說什麼的眼神，便露出苦笑。

「別生氣啦。那個時候我還不知道她是你的女朋友嘛。」

「我又沒有生氣。」

如果只因為這點程度就怒火中燒，根本當不了月愛的男朋友。

……不對，是有點不爽啦。

「然後我們就在池袋見面了。」

我想起來了。這麼一說，那天……月愛接到電話後，關家同學也說會比較晚去自習室。

「她一直妮可長妮可短的，真的只聊山名的事。我明明告訴她『我們已經結束了』，她卻激動地回答：『在妮可心中根本還沒結束！』還說如果我想見山名，她可以幫我約人，但我就是沒那個意思。最後雙方都在各說各話，就這麼解散了。那次見面只有這樣。」

關家同學說完，攤開雙手表示自己的清白。

「……為什麼你不想見山名同學？」

我想起關家同學以前談起自己第一任女友時的樣子。

——如果現在能從高一重新來過一次……我絕對不會甩掉她。

他不是到現在還想著那時的女友，甚至講出這種話嗎？

「我怎麼可能見她。用想和其他女孩子玩的理由甩掉她，玩到盡興後再說『還是妳最好』這種話，未免太自私了吧。」

「可是……」

山名同學忘不了前男友關家同學。如果兩人到現在仍思念彼此，不就可以重新來過嗎？

「……我傷害了山名。」

關家同學以消沉的語氣對抱持疑問的我說著。

「國中一年級時的山名是個又土又不起眼的女生，一頭黑髮，非常安靜。眼神和我一樣很凶惡，所以朋友也不多。」

關家同學懷念地瞇起眼睛，如此述說。

「不過她很會照顧人，只要讓她敞開心房，她就會對對方盡心盡力。因為我們都很怕生，在打好關係之前花了很長的時間。不過她是個很棒的學妹，很優秀的社團經理喔。」

這樣啊——我這麼想著。

月愛買限量手機殼的時候陪她一起排隊，為了避免月愛睡過頭而狂打電話……這種愛照顧人的個性從那個時候開始一定就沒有改變。

「然後我們開始交往……不過和我分手之後，山名的品行就變差了……剛好那時候是她爸爸出軌，父母吵架的時期。她在和我交往之前，也曾找我商量過這件事……」

我聽月愛說過，山名同學的媽媽是單親媽媽，原來就是在那個時候離婚的啊。

「我們交往的時候狀況已經稍微穩定下來，本來還以為他們可能不會離婚了呢。」

關家同學像在為自己辯護般繼續說著。

「當山名和媽媽離開家之後，就染了金髮，穿很多耳洞，和看起來非善類的傢伙混在一起……因為我們分手後就沒有聯絡，過了一段時間從學妹口中聽到山名的變化時，我還被嚇到了呢。」

關家同學一邊說一邊將十指交握的雙手放在桌上。他注視自己的手，低聲說道：

「我應該在一旁扶持她……我是這麼希望的。然而我卻……」

如果妳那麼喜歡她，別分手不就好了……這種話我以前也說過。關家同學也是那麼想的，責備他並沒有意義。

「……所以，你覺得自己沒臉見山名同學？」

關家同學無法回答，看來被我說中了。

這種狀況多麼讓人心急啊。

——先聲明一下，我們該做的都有做……只到接吻為止。

因為我看到了山名同學那種熱戀中的少女的表情。

——聽起來很蠢吧。我竟然到現在還忘不了國中二年級時只交往兩週的男人。不過他畢竟是我第一個喜歡上的人嘛……

——雖然多虧了與她分手，我才能和各種可愛的女孩子交往……然而我後來才發現，還是第一個女朋友最好。只不過當我察覺這點時，做什麼都沒用了。

他們兩人到現在仍然思念著彼此。

既然這樣……根本沒有什麼盼望重來卻為時已晚這種事吧？

「……關家同學也許確實傷害了山名同學。」

因為關家同學與山名同學互相實現了對方的初戀，以宛如一張白紙的心態開始交往……

因為那場戀情是從全新的狀態開始，可能會讓他以為一旦受到損傷就再也無法修復。

「不過你們仍然可以包容之前所受的傷……包容那些受到傷害的過去，還有傷害對方的過錯，繼續往前走才對吧。」

我……

我的初任女友早已滿是傷痕。

其他那些男人毫無顧忌地讓天真無邪的她留下許多傷痕。

而我和被那些傷痕弄得身心俱疲的她開始交往。

我打算將她連同那些傷痕一起擁入懷中。

那是因為……我認為自己愛著她。

「……山名同學現在的傷，是關家同學本人造成的。那麼……」

關家同學低著頭，但我知道他仍然仔細地傾聽我的話。

「我認為關家同學就應該讓她幸福。」

我對著一句話也沒回的關家同學繼續說下去。

「我也希望……讓你和山名同學再見一次面。」

這時，沉默一段時間的關家同學抬起頭。

「山田，原來你是這麼厲害的戀愛專家(Master)啊？」

他開著玩笑，不過尷尬得歪起的嘴角顯示他認真接受了我的意見。

「……喂，現在的山名是什麼樣的人？」

關家同學突然問了我一句。

「什麼意思……？」

「就是長相之類。」

「長相？我想想……」

我覺得比起自己笨拙的說明，直接用看的比較快，於是滑了一下手機的照片資料夾。將玩生存遊戲時的合照放大，拿給關家同學看。

「……啊～～果然是辣妹……不過看起來變成熟了呢。」

他的眼中充滿了懷念與欣慰的神色。

「她還會打架嗎？」

「打……打架是什麼意思？」

聽到這種令人不安的詞，我害怕地抖了一下。關家同學則是語氣平淡地說明：

「我從學妹那邊聽說，她國三時在荒川的堤防打倒了二十個其他學校的不良少年。」

「二、二十個……？」

太可怕了……山名同學是何方神聖啊！

「難、難道說，那就是『北中的妮可』時代……？」

「啊～～對對。畢業之後沒聽說她有新的稱號，就不知道她上哪間高中了。」

如此說道的關家同學露出望向遠方的眼神，微微一笑。

「……不知道她在高中有沒有交到能成為心靈依靠的好朋友。」

他以低沉的聲音自言自語般說著。

「『白河月愛』……應該就是那樣的朋友吧。」

接著他與我對上視線，露出微笑。

「你們都是好人呢。真是一對善良的情侶。」

「……關家同學……」

「要早日和好喔。我希望你們兩位都能幸福。」

「…………」

關家同學明明也能獲得幸福吧。

面對替他乾著急的我，他自嘲似的低語：

「……我害怕啊。」

臉上露出苦澀微笑的他說道：

「過去與山名的回憶實在太美好……事到如今，要我重新開始本來以為早就結束的初戀……我拿不出那種勇氣。」

「關家同學……」

之後無論我再說什麼，可能只會讓他重複同樣的話吧。

就在我充滿焦急的情緒，正想重重嘆一口氣的時候。

「……找到了，阿加！」

一個耳熟的聲音從教室門口傳來，我望過去，發現阿伊站在那裡。

「咦，阿伊？裝飾……」

「已經處理好了！先不說那些，我從體育館回來的時候看到了……」

在附近眾人的注視下，阿伊走了過來。究竟有什麼要緊的事，讓身為邊緣人的阿伊不惜受到如此的注目？

「白河同學正在被其他學校的輕浮男搭訕喔！你不在意嗎？」

「咦……！」

心跳瞬間加速。

「白河同學她……？」

「還有惡鬼辣妹也在。對方看起來很難纏，就算拒絕了還是像跟蹤狂一樣死纏爛打。」

什麼……！

當我回過神時，自己已經站起身了。

「要過去嗎？也是呢，畢竟你心中只有白河同學嘛！」

阿伊好像很開心的樣子。難道他真的以為我打算也對谷北同學出手？算了，那種事現在已經不重要了。

「麻煩關家同學也來一趟。」

「咦？好、好啊……」

關家同學也跟著我起身。他不知道「惡鬼辣妹」是指誰，所以應該只是隨性陪著我。

於是我們在阿伊的帶領下在校內移動。

「你看，就是那邊。」

順著阿伊所指的方向望去，的確可以看到月愛的身影。

身處走廊角落的月愛露出困惑的神色，身旁的山名同學則是一臉不悅的樣子。她們面前站著穿外校制服的男子雙人組，兩個人頭上都頂著宛如染髮後褪色的金髮，戴在耳朵上的耳環叮噹作響，看起來就是非常輕浮的傢伙。

「啊……」

這時，我聽到身旁的關家同學倒抽一口氣。他應該注意到山名同學了吧。

「喂～～有什麼關係嘛，我說真的啦。」

「我剛才已經說了，沒興趣。」

「那又怎麼樣呢～～？」

「妳們真的真的超可愛～～不親一下我就會死啦～～」

「啥？那就去死啊。」

「好，那我就收下這句『去死』了～～！」

「感謝招待～～！」

輕浮男子正在和山名同學爭吵，兩邊說的話完全對不上，山名同學的拒絕還成了反效果，被對方拿來取笑。

「走吧，露娜！」

「嗯……」

「喔～～等等！」

「鏘～～！超威猛防禦～～！」

正當月愛和山名同學想從對方旁邊鑽出去時，兩名男子就張開雙手擋住她們，還猥褻地扭腰擺臀。

太差勁了……那兩個傢伙實在有夠惡劣。被那種方式阻擋，月愛她們就沒辦法離開了。

……這下我非去不可。

雖然和月愛有一段時間沒講話，面對她時會很尷尬，而且那兩個輕浮男也有點可怕，但是想早點解救陷入麻煩的她們的心情戰勝了那些念頭。

同年級的學生紛紛以好奇的眼光從遠處旁觀。

然而現在已經不是感到害羞的時候了。

「……月愛！」

月愛看到走向她的我，睜大了眼睛。

「龍斗……！」

我則是直直地注視著她。

「我、我們走吧……」

對輕浮男子感到畏懼的我伸出手，月愛也握住了我的手。

「咦，真的假的～～男朋友現身了～～？」

「嗚～～哇！真的是嗚～～哇～～ＥＡＴＳ～～」

我們聽著輕浮男挑釁般的感嘆，牽著手離開現場。

「咦，等一下……」

慌張的山名同學正想追上月愛，輕浮男又擋住了她。

「別想走～～」

「妳得連朋友的份一起跟我們玩喔～～」

「啥？開什麼玩笑！」

「那又～～怎樣～～？」

我離開脫不了身快要爆氣的山名同學，看向躲在旁觀群眾當中的關家同學。

「妮可……！」

月愛放不下心地看著自己的好友。

關家同學……！

我帶著祈求般的想法看著他的臉。

關家同學撇過頭，以苦惱的眼神望向他處。

不過就在這個時候，他豁出一切似的重重嘆了口氣，離開原地。

關家同學走向了山名同學。

他將手插在褲子的口袋裡，帶著有點僵硬的表情來到被輕浮男纏上的山名同學面前。

「……讓開，這是我的女朋友。」

關家同學的聲音讓兩名輕浮男與山名同學同時轉過頭。

「咦……」

「啊，真假？抱歉……」

輕浮男子卑微地讓出一條路。和我那時不同，面對充滿氣勢，不容對方反駁的高挑帥哥，他們連開玩笑的餘裕都沒有了。

關家同學走到輕浮男子之間，捉住山名同學的手。

「好了，走吧。」

「…………」

山名同學瞠目結舌地望著他。

「……學長……？」

剛才痛罵輕浮男子的聲調出現一百八十度的轉變，換成戀愛少女般的輕聲細語。

「為什麼……」

她的眼中瞬間泛出淚光。

「抱歉，我來晚了。」

關家同學有點尷尬，又有點害羞地微笑。

「學長……」

山名同學被關家同學拉著走，用另一隻手摀著嘴。她哭了。

兩人來到在走廊角落觀看整件事情經過的我們面前，停下腳步。

「……學長，為什麼……？」

山名同學抬頭仰望關家同學，慘兮兮地哭著。

四周還有從搭訕事件開始就在的圍觀群眾，我們仍沐浴在好奇的視線之下。

「喂、喂，別哭啦……」

注意到那些視線的關家同學慌張地對山名同學這麼說。

「妳在學校不是這種性格的人吧？」

「可是……」

山名同學握起有修長美甲的手，一邊揉著雙眼一邊啜泣。

看到這副模樣的山名同學，關家同學瞇起眼睛露出微笑。

他愛憐地望著對方。我第一次在關家同學臉上看到這種表情。

接著，關家同學抱緊哭個不停的山名同學。

「……我會好好抱住妳，別再哭嘍。」

關家同學抱著山名同學，撫摸她的髮絲，在她耳邊輕聲細語。

「……學長……嗚……」

山名同學的哭泣聲有點模糊不清。我則是在一旁微笑。

太好了……

太好了呢，山名同學。

妳終於和一直喜歡的對象重逢了。

想到這裡，胸口就覺得好溫暖。這時我感覺制服下襬被拉住，便看了一下身旁。

月愛想說些什麼似的看著我。

「……讓他們兩人獨處吧？」

「啊，好……說得也是呢。」

於是，我們移動到與那兩人有點距離的地方。

「龍斗，你認識關家同學？」

「唔、嗯。我們上同一間補習班……」

「原來是這樣。」

好久沒有和月愛面對面說話，那股不知道是花香還是果香的香味讓我心動不已。

「……那一定就是你的功勞呢。你聽說人家和關家同學聊天的事了吧？」

「啊、嗯……」

雖然我直到剛剛才弄清楚整件事的全貌。

「只憑人家沒辦法說服關家同學……謝謝你，龍斗。」

月愛望著我，露出羞赧的微笑。

她的眼中泛著些許淚光。

「月愛……」

我得說出口。

山名同學和關家同學的事可喜可賀，但我們之間的事還沒說清楚。

就在我這麼想著，準備開口的同時。

「哎呀～～雖然不太清楚是怎麼回事，不過太好了呢，惡鬼辣妹。」

阿伊從走廊上的圍觀人群中走過來。不知道為什麼，阿伊眼中也帶著淚水。

「……哎呀～～戀愛真是好東西呢……」

阿伊遠遠望著山名同學他們的身影，瞇瞇眼瞇得更像一條線了。

「……欸，我打算向谷北同學告白。」

「咦咦！」

聽到他突然說這麼一句，我也怪叫出聲。

「剛才幫忙處理裝飾的時候，她對我說：『謝謝你～伊地知同學能過來真是幫大忙了！』你知道這代表什麼意思嗎？」

「什麼意思……」

我想了一下。

「……不就是『謝謝你～伊地知同學能過來真是幫大忙了』的意思嗎……？」

然而阿伊似乎沒有仔細在聽我說話。

「老實說，我覺得有機會喔。如果現在向她告白讓我們變成一對，就可以一起參加後夜祭吧？若是能這樣就太好了。」

他胖胖的臉頰泛紅，開心地這麼說著。我第一次看到阿伊這副模樣。

「不過只有我的話會怕……希望阿加你們也一起來。」

「咦，你說『們』……」

「人家也要去嗎？」

直到剛才都和我們保持距離，盡量裝作沒聽到我們對話，扭來扭去靜不下來的月愛將眼睛瞪得大大的。

「可以嗎？」

「唔、嗯……阿加你們是我的理想目標……我也想變成你們這樣，所以才會鼓起勇氣打算告白。」

「…………」

我和月愛對看了一眼。

於是我們就莫名其妙地要去見證阿伊的告白。

◇

「我……我喜歡妳！請妳和我交往！」

阿伊的聲音迴盪在只有四個人的教室裡。

這裡是被拿來讓校慶執行委員放置個人物品的3年D班。教室裡亂糟糟的，椅子被放到桌上，地板上到處丟著個人物品與制服。

阿伊知道才剛分開的谷北同學在哪裡，於是過去把她請到這個地方。

接著，他展開了告白行動。

「…………」

谷北同學吃驚地愣住了。

她睜著大眼睛，直直地注視阿伊。

然後，垂下了視線。

……她要拒絕嗎？就在我這麼想的時候。

谷北同學深呼吸似的用力吸了口氣。

「伊地知同學……」

她的臉上有些怒意。

「你這種行為就叫作『告白攻擊』喔。」

阿伊愣住了。谷北同學連珠炮似的說：

「人家對伊地知同學還不太熟，而且你怎麼覺得人家會點頭？」

「呃……不是啦，呃……」

「伊地知同學真的喜歡人家嗎？為什麼？什麼時候？起因是什麼？在哪裡？是因為長相嗎？如果是這樣，你以為人家也會像你一樣光憑外表就喜歡上你？」

聽到谷北同學氣勢洶洶的言語攻勢，我不禁渾身顫抖，只希望她別再說下去了。

我非常能體會阿伊的心情。只因為借自動筆時被說了聲「謝謝」就愛上對方，這種狀況與因為個子高而被稱讚「很帥」就喜歡上對方是一樣的。處男就是這樣的生物。只要有和可愛女孩子接觸的機會，光憑這樣就會喜歡上對方。

「告白應該是兩情相悅的兩個人在最後階段用來確認彼此感情的步驟。所以，人家認為不該在還不知道對方想法的時候就不顧一切做出這種行為。被拒絕的那方固然會受傷，拒絕人的那方也會受傷喔。那可是明知一定會傷害到眼前的人而做出的拒絕。」

谷北同學滔滔不絕地繼續那種宛如在教訓對方的「拒絕」。

「加島同學之所以向露娜告白，也是因為伊地知同學命令他玩大冒險遊戲吧？人家從露娜那邊聽說了。雖然露娜說『多虧那個遊戲才能和龍斗交往』，但人家只有『啥？』的感想喔。伊地知同學，你就是把告白看得太隨便，才會輕易就下那種命令吧？」

「呃……嗚嘔嘔……」

阿伊像病人似的臉色發青，幾乎要吐了。大概是因為被罵得狗血淋頭，讓他連身體都出現異狀。

「告白可不是遊戲。中獎率十分之一的轉蛋轉十次會中一次，但是對同一個對象在同一個時機告白十次，也不可能出現對方點頭一次的情況。行不通的時候就絕對行不通，更何況現實世界又不能刷首抽。」

阿伊的生命值已經是零了啦，就算要過量擊殺也別那麼過分嘛。

這時，谷北同學咬了嘴脣。

「……如果你真的喜歡人家，希望你先不要說出口，默默地從朋友開始建立感情，或許……人家往後更了解你，也會喜歡上你也說不定。用這種明知不可行的告白方式害自己受傷，讓人家也受傷，到底有什麼意義？」

阿伊答不出來，只能精疲力竭地靠著牆壁。

看到這樣的阿伊，谷北同學以嚴肅的表情說：

「不把愛情直接強加在喜歡的對象身上，不也是一種愛嗎？」

谷北同學拋下最後這句話，轉身離開了教室。

「…………」

現場只留下宛如屍體的阿伊，以及目瞪口呆的我和月愛。

過了好一會，月愛才有所行動。她走到精神恍惚的阿伊面前說了：

「……對不起，伊地知同學。小朱對你說了那種話……」

或許是身為朋友對這種結果感到心痛，月愛一臉愧咎地如此表示。

「小朱長得很可愛，但一直沒有男朋友對吧？所以她經常被人告白，但每次都讓她很失落難過。她總是說：『如果我們的關係再好一點，可能就會有哪裡不同了。』」

阿伊兩眼空洞無神，也不知道他有沒有聽到這些話。

「雖然你被說得那麼難聽，應該受到很大的打擊，但是小朱也受到不小的打擊……可以請你原諒她嗎？」

她說的或許沒有錯。

但是，那些話對現在的阿伊而言有點太殘酷了。

「那麼人家……先去看看小朱的狀況嘍。」

月愛對我說一聲，也離開了教室。

只剩下我們兩人之後，靠著牆壁的阿伊便滑坐到地上。

「……不把愛情直接強加在喜歡的對象身上也是一種愛，她是這樣認為啊……」

過了一會，帶著傷心表情的阿伊感慨地自言自語。

「既然她這麼說，那我對她的『喜歡』就不是愛了吧……」

「唔……是啊。」

我覺得高中男生想要女朋友的動機，大部分都只是想和女孩子卿卿我我。雖然和月愛交往前的我也是這樣啦。

「你就是想快點和她交往，才抱著也許能成功的希望向她告白吧？」

「也有那種想法……但比較像是確定她的看法。如果不行就算了，別讓我有更多期待。

每天都想著谷北同學，每次見面都會更喜歡她。這種感情已經膨脹到我無法忍受了……」

畢竟布置組的人最近每天都會集合嘛。然而活動即將在今天結束……這點應該也是促使他告白的原因之一吧。

「其實我早就隱約覺得就算現在告白也不會成功，但這是我第一次這麼喜歡現實中的女孩子，就強烈地想弄清楚她的想法……」

阿伊那張暮色沉沉的臉看起來十分失落，令人於心不忍。

「除非愛得很深，否則既然認為對方八成不會接受自己，就很難繼續喜歡對方呢。至少現在的我做不到……」

「阿伊……」

就在我越來越為他難過，打算找些話安慰他的時候。

教室的門喀拉一聲打開，冒出阿仁的臉。

「啊，你們在這裡喔。」

但是和平時的他相比，表情顯得怪怪的。

「阿仁？你怎麼會在這……」

正當我打算詢問時，阿仁自己開口說了。

「欸……我看到惡鬼辣妹和一個帥哥手牽手走在一起……那個人是……？」

「……嗯，就是那麼一回事。」

「會不會是哥哥之類……？」

「不是喔……」

「…………」

啊啊……阿仁，你果然喜歡山名同學。

看著臉色發青快吐出來的阿仁，我再次感到一陣心痛。

◇

「我們是青春的輸家呢……」

在那之後，我們三個人繼續在教室裡待了一段時間。

阿伊和阿仁躺在地上攤成大字，有氣無力地望著天花板。我則是坐在地上，默默看著變成這種模樣的兩人。

「阿加，你就和白河同學順利地交往下去，結婚後生一堆小孩，替我們這些單身族增加下一代的人口吧……」

「不對，阿伊，你這話未免太跳躍了吧……」

告白被拒絕一次又不代表永遠都會單身。不過一想到谷北同學的話對他造成的打擊就是這麼大，我就為他感到難過。

「哎呀，不過——」

就在我對阿伊的話感到傻眼時，輪到阿仁開口向我說：

「如果阿加你們生了個漂亮女兒，可以來當我老婆……」

「我才不要……！」

我為還沒出世的女兒感到擔心，堅決拒絕了他的提議。

「……唉。不過阿加你還滿厲害耶，我是說真的。」

「就是說啊……」

阿伊和阿仁這麼說著，語氣中沒有嘲諷或嫉妒的意思。

「喜歡一個人，而那個人後來也喜歡上自己……簡直是奇蹟呢。」

「不過，世界上所有情侶都是在那種奇蹟下誕生的喔。」

「明明路上隨便一對不起眼的情侶都能獲得那種奇蹟……」

「奇蹟卻沒有發生在我身上啊～～！」

「我也是～～……阿加真是幸福。」

「…………」

我自己也是這麼想的。

我仍然身處在延續至今的奇蹟之中。

然而……

——人家剛開始是因為你和人家完全不一樣，所以覺得有趣。但是越喜歡你，就越發現你和人家其實是完全不同類型的人，就開始感到不安。人家開始想著：「自己適合你嗎？」「你會一直願意和這樣的人在一起嗎？」……「你會一直愛著人家嗎？」這些問題。

那種問題還需要問嗎？我真的很喜歡她，這份心意到現在仍然沒有改變。

讓我想廝守終身的人不是黑瀨同學，而是月愛。

我必須……再次向月愛傳達這個想法。

「……阿加？」

「你要去哪裡？」

「嗯……我去找月愛。」

我對兩人留下這句話，離開了教室。

◇

剛才，就在谷北同學將阿伊罵得狗血淋頭的時候。

我腦中想的是黑瀨同學說的那些話。

——我喜歡你。

——我已經知道你的想法了。別讓人家被拒絕那麼多次啦。

——這是我自身內心的問題。

黑瀨同學並沒有要我「和月愛分手，與她交往」。

雖然我聽起來很模糊，不太能明白她的用意……

——不把愛情直接強加在喜歡的對象身上，不也是一種愛嗎？

——除非愛得很深，否則既然認為對方八成不會接受自己，就很難繼續喜歡對方呢。至少現在的我做不到。

如果黑瀨同學對我的感情就是如此強烈……我仍然能對她不動心嗎？

——只要你把持住自己不就行了？

沒錯。

就算黑瀨同學喜歡我，只要我把持住自己，那就不會有任何問題。

黑瀨同學是月愛的妹妹，這項事實永遠不會消失。

我想和月愛成為一家人……既然我懷抱這樣的期望，就更不該對黑瀨同學動心。

「……嗯。」

沒問題的。

黑瀨同學是一位完全符合我的好球帶的美少女，也是內在充滿魅力的女孩子，又和我興趣相投。

然而，她是月愛的妹妹。

……沒問題，我絕對不會再抱有逾越之情了。

只要我持續保持這種態度，過一陣子之後月愛也一定能明白我的想法，就此放心。

所以我要過去告訴她。

希望她像以前那樣繼續和我交往。

「……啊！」

當我在校舍裡四處尋找月愛時，剛好遇到了熟面孔。

「嗨。」

是關家同學與山名同學。他們手牽著手，像一對交往多年的情侶依偎著彼此走在校舍。

「唔～～總之事情就變成這樣了。」

關家同學舉起兩人十指交扣的手給我看。

「這次真是多謝你了。」

關家同學的話讓山名同學有點害羞地低下頭。

「……嗯，太好了。」

這是真心話。

不過我此時在意的是……

「……你們知道白河同學在哪裡嗎？」

山名同學對我的問題「啊～」了一聲，開口回答：

「她和小朱到外頭去了。聽說是去調整舞台的裝飾。」

「這樣啊，謝謝。」

校慶在四點結束，之後舞台區就會舉行只有學生參加的後夜祭。志願者和樂團上台唱歌表演炒熱氣氛之後，全體學生將圍繞操場上的營火跳土風舞，結束所有節目。

經過這麼多事情，我才發現時間已經接近四點。

「我才應該感謝山田和你的女朋友呢。」

關家同學的話讓山名同學疑惑地複述了一次：「山田？」

「對了，我得當『山田』當到什麼時候啊？」

補習班的事早就被黑瀨同學知道了。但不知為何，我到現在一直錯失要求他更正名字的機會。

「咦？可是我不記得你的本名嘛～」

「啊？」

這個人真是喔……虧他這樣竟然還說得出感謝我的話——正當我感到傻眼的時候。

「騙你的啦。」

關家同學笑了笑。

「謝謝你，龍斗。」

◇

我一邊踩著校舍的樓梯準備到外面，一邊喃喃自語。

「雖然我很同情阿仁，但是他的對手實在太強了……」

關家同學與阿仁在魅力值方面的差距，就與弗利沙和飲茶之間的戰鬥力差距一樣大。簡直差太多了。就連平時跟鬼一樣恐怖的山名同學，在關家同學身邊都變得如小貓般可愛。

阿仁的事讓我感到心痛，但就算沒有我的安排，山名同學也不可能忘掉關家同學，對阿仁產生興趣啊。

「……這件事就先放一邊。」

我開始思考自己的事。

好想快點見到月愛。

我帶著這個想法前往戶外舞台區，卻到處都找不到月愛的身影。

「白河同學？她被委員長叫去體育館嘍。」

「你找露娜的話，她去幫忙撤除服務台了。」

「啊，撤除工作已經結束了。白河同學去拿自己的東西了。」

不管到哪裡，我都晚了一步沒追上她。我就像RPG的主角一樣無可奈何地繞來繞去。

「個、個人物品放置區……」

就是剛才和阿伊、阿仁待在一起的三年D班嘛。

到頭來，如果剛才一直待在那間教室，我現在就能見到月愛了。

真的有種做白工的感覺……看了一下時鐘，已經花掉超過三十分鐘的時間在尋找月愛。

「……咦？」

然而月愛並不在三年D班。阿伊與阿仁好像也離開了，裡頭空無一人。空蕩蕩的教室燈沒開，個人物品也全部被取走，看起來很冷清。

這時我才注意到整個學校都靜悄悄的，另一邊的後夜祭舞台倒是氣氛漸入佳境。外頭的熱鬧音樂與歡呼聲彷彿來自另一個世界。

「…………」

我到底在做什麼啊。

如果想見月愛，打個電話不就好了。

我可是她的男朋友。

由於我太過衝動，反而忘了文明利器的存在。

當我拿出手機按下通話鍵，就聽到附近響起一陣熟悉的聲音。

「咦……」

教室窗外的陽台上有月愛的背影。她的身體剛好跟窗框重疊，只注意室內狀況的我一直沒發現她。

「龍斗……！」

當我打開通往陽台的門時，拿著手機湊在耳邊的月愛吃驚地轉過頭來。

月愛似乎正從陽台觀看後夜祭。只要往下看，剛好能將操場上的舞台區盡收眼底。

「辛苦了……工作都做完了？」

「嗯，龍斗也是嗎？」

「嗯。」

我邊聊著無關痛癢的話題邊站到月愛身旁，將手放在陽台欄杆上。

「……多虧龍斗，今天變成很棒的一天，因為人家的好友終於得到幸福了。」

月愛看著舞台區，突然微微一笑。

「小朱都告訴人家了。她說：『抱歉，人家告訴加島同學妳可能在做爸爸活。』」

「呃，喔……」

谷北同學已經跟她說了啊。這下子需要向月愛說明的事瞬間就解決了一件。

「……龍斗覺得人家有可能去做爸爸活嗎？」

月愛望著我，半開玩笑地說著。

「……不覺得，我沒有那麼想。」

我搖了搖頭，讓她露出微笑。

「那些名牌包是奶奶給人家的。之前人家不管怎麼求，她都不肯借。不過最近她看了提倡臨終準備的書，開始學會斷捨離。雖然她只給了兩個啦。」

「這樣啊。」

真相果然是如此。

「妮可她總算和超過三年沒見……一直很喜歡的那個人見到面了呢。」

月愛看著正在演奏搖滾名曲的舞台，感慨萬千地低聲說著。

「看到妮可和關家同學的樣子，人家就覺得自己做了件很笨的事。龍斗明明說過會待在人家身邊，人家明明也希望如此，卻因為太在意海愛而主動保持距離。」

說到這裡，月愛微微一笑。

「如果喜歡一個人，和他待在一起就好了嘛。」

月愛這些話像在說給自己聽，接著將臉轉向我。

「現在人家想在一起的男人……全世界只有龍斗你一個。」

月愛害羞地垂下視線如此低語，再注視著我。

「既然如此，人家覺得應該好好珍惜這份感情。畢竟人生很短嘛。」

月愛就像要掩飾害羞，露出牙齒嘻嘻笑著。

「如果喜歡你卻保持距離，那就太浪費青春了！」

月愛的聲音滲入了傍晚的秋日天空。

跑車是專門用來奔馳的車種。

月愛是為活而活的女生。

所以我才會受到她的吸引。

看上的就是那份純粹。

她單純只是想獲得幸福，懷抱這份理念活在當下。這樣的她讓我心醉神迷。

「……難得一次校慶，結果卻沒辦法見到龍斗。人家真是做了蠢事呢。」

她突然遺憾地嘀咕著。

「人家老是這樣，當下想到什麼就做什麼，之後才後悔……」

一想到她這句話的意思，我就感受到心被撕裂的痛楚。

「其實人家很想和龍斗逛鬼屋，去各個攤位玩。」

「月愛……」

我也想和月愛一起做那些事啊。

想到這裡，我就無法抑制自己的心情，不禁開口說：

「明年再去吧。明年一定也有鬼屋。」

「如果沒有呢？」

「那我就會提議，由我們班來辦鬼屋。」

我不知道身為邊緣人的自己有沒有那種勇氣，但我現在的心態就是如此。

「明年啊……」

月愛有點開心地仰頭望向天空。雖然天空還是亮的，不過已經看不見太陽。差不多快要日落了吧。

「如果明年也不行，還有後年啊。」

當我這麼一說，月愛就轉頭望向我。

「用畢業生的身分參加？」

「嗯。」

我用力地點了頭。

「人生看起來很短，但一定也很長喔。」

我不是跑車。

沒辦法像月愛那樣輕鬆地活下去。

但正因為如此，我才會被她吸引。

她一定也是如此。

因為與自己不同而互相吸引。

因為與自己不同而感到不安——

在單身的時候，從來沒想過與他人共同生活是如此不容易。

同時，也沒想到會是如此美好。

「只要我們還活著，就有明年、後年……還有更久遠的未來。」

我不太會說話，但我有心表達自己的想法。

我看著月愛的眼睛，拚命思考下一句話。

「因為……我想要……和月愛……一起生活到那個時候。」

我不想讓她再說出那種話。

——希望龍斗你能仔細想想……繼續這樣和人家交往好嗎？

當然好啦。

因為我想和月愛在一起。

懷抱這樣的念頭，我和月愛凝視彼此。

「……人家明白了。」

或許是我的想法傳達給她了，她有點抱歉地露出微笑。

「對不起喔，龍斗。」

「我也要說對不起……害妳這麼不安。」

雖然是許多偶然交織在一起造成的，害她因黑瀨同學的事感到不安的人仍然是我。

「我喜歡妳……我喜歡月愛。」

這不是我第一次這麼說，但無論說幾次，這種話依舊會讓我感到害臊。

「我……永遠只喜歡月愛。」

我是個邊緣處男，沒辦法像關家同學那樣機靈。

不過我仍怯生生地伸出雙手，摟著月愛的肩膀……小心翼翼地將她擁入懷中。

月愛乖乖地靠過來，將臉埋到我的胸膛。

自從在江之島的旅館相擁那次以來。

這是我第一次主動抱她。

月愛的身軀苗條又柔軟，我以全身感受著她的輪廓與溫度。

她散發著不知是花香還是果香的濃郁香氣，讓我心動不已，胸口悶得無法呼吸。

「嗯，人家也是。」

月愛用雙臂環住我的背，輕聲說道。

「龍斗是第一個讓人家這麼不想放手的人……」

接著，她抬起頭凝視我。

「只有龍斗是這樣喔。」

被她緊緊抱住的我內心撲通一跳，幾乎要窒息了。

在她的香氣包圍下，我將臉埋進她的頭髮，珍惜地緊緊摟住彷彿弱不禁風的纖瘦肩膀。

第五・五章　妮可給露娜的語音留言

啊，露娜？妳電話沒接，人家就留語音了。現在沒時間打字！

真是的～～太扯啦。

為什麼？會不會太誇張？太難相信了！

竟然能再見到學長，簡直像在作夢……！

而且他還要和人家再交往一次……這是夢？應該不是夢吧？

人家死而無憾了……

……糟糕，哭過頭假睫毛要掉了。剛剛才重新黏好的耶。

學長說後夜祭時就要回去。雖然時間有點早，人家也先走了。

現在正在打工店裡的休息室。

明明剛剛才手牽手走路，現在卻已經想念他了。

啊～～好想學長喔……想見他想得快死掉了……

露娜妳有順利和男朋友和好嗎？

戀愛真棒呢，真的。

不管是露娜還是人家，我們都一定要過得幸福喔。

一起變幸福吧～

我們和大家都是。

尾聲

教室門打開的聲音讓我和月愛分開。

「……啊，太好了。你們兩人都在這裡。」

說著這句話從門後出現的是黑瀨同學。

「竹井老師說土風舞節目結束後，要集合導覽手冊組的人在教室辦一場迷你慶功宴。可樂和零食都準備好了。」

竹井老師就是導覽手冊組的指導老師。

「呃……啊，這樣啊。」

「謝、謝謝妳，海愛。」

我們都有點慌張，但還是勉強用正常的態度回答她。

「……啊，可以從這裡看到後夜祭呢。」

黑瀨同學說著走過來。來到陽台後，她站在離我們遠一點的位置，握著欄杆往下望。

剛才的表演似乎是後夜祭舞台的最後一首曲子，現在準備開始跳土風舞了。

遠離舞台區的操場正中央架著高台，燃起赤紅的篝火。由於天色還亮，火光不顯眼。學生們分成男女，圍繞著篝火排成圓圈，手牽著手等待樂曲播放。

「……去年，人家一直在想為什麼後夜祭的最後都會跳土風舞。」

月愛望著眼前的景象說著。

「這樣也不錯呢，有種慶典終於結束的感覺。」

「是啊。」

當我回答的時候，音樂開始了。是有名的「奧克拉荷馬混合舞」。

牽著手的男女向前踏著舞步，放開手後再與下一位舞伴共舞。這個循環不斷重複。

黑瀨同學望著樓下的景象，低聲喃喃說著：

「……真好。我好想跳這個舞喔。」

「咦，真假？」

月愛對此露出驚訝的反應。

黑瀨同學點了頭。

「嗯。我之前讀的是女校，從來沒跳過土風舞。」

「那怎麼不下去跳？」

「老師說要辦慶功宴，叫我來找你們兩人。」

「啊，原來如此……」

月愛露出有點愧咎的表情，接著就像想到什麼似的，臉上亮了起來。

「要跳嗎？就在這裡。」

「三個人不行吧。」

黑瀨同學冷冷地回答，讓月愛失落地垂下肩膀。

「這樣啊。現在……就算下樓也來不及了。」

她說到一半，突然發出「啊！」的一聲，似乎想到什麼好點子。

「那人家這就去找個人來！」

「咦……？」

月愛交互看了看吃驚的我與黑瀨同學，隨即衝進室內。

「只要再找一個男生就能跳了吧？這附近可能有誰在，人家去找過來！」

話還沒說完，月愛已經飛奔至走廊。

「…………」

她走掉了。

月愛如此拚命的樣子讓我不自覺地微笑。

——真好。我好想跳這個舞喔。

月愛一定打算想盡辦法，要為總是疏遠自己的妹妹實現她難得說出口的願望吧。

既然她和我的關係如今已經恢復，她與黑瀨同學的「朋友計畫」接下來也毫無疑問地將步上正軌。

就在我這麼想的時候。

右手突然有股碰觸到他人肌膚的感覺，害我嚇了一跳。

「咦……？」

轉頭望去，只見黑瀨同學牽著我的手。

「黑、黑瀨同學……？」

意料之外的接近讓我心臟撲通撲通狂跳。

黑瀨同學則是用那雙大眼睛直直地注視慌張的我。

「……陪我練習一下啦。」

她這麼說著，有點嘔氣地鼓起臉頰。

「這點小事你可以幫吧？……我是第一次跳這種舞。」

「…………」

這、這樣啊，原來是說土風舞……

黑瀨同學默默地牽著我的手，彷彿要鑽到我懷裡似的轉了個身，擺出奧克拉荷馬混合舞的姿勢。

搖曳飛舞的黑髮散發出女孩子的甘甜芳香。那種味道與月愛不同，是香皂般的香氣。

我的心臟猛烈跳動，被她碰到的手正在發燙。

就是那天放進真理之口的那隻手——

——聽說騙子把手伸進那張嘴，手就會被咬掉喔。

——那你就不用怕了。因為你是「The Last Man」嘛。

當時我發了什麼誓？

等將來和月愛去義大利的時候。

我還有勇氣將這隻手放進真正的真理之口嗎？

操場上，奧克拉荷馬混合舞的樂曲仍然在播放著。

我和黑瀨同學踏起僵硬的舞步。

我喜歡月愛。

我希望永遠和她在一起。

這份心意絕不動搖。

然而——

無論是甩掉這隻纖纖玉手的勇氣，還是能不為之心動的鐵石心腸——

現在的我全都沒有。

後記

這是第三集。就像龍斗突破了月愛的「兩個月障礙」（與男朋友交往兩個月就會分手），這部作品也突破了我的「兩集障礙」。

這都多虧了支持我的各位讀者……真的很謝謝你們。

當然我自己也很想寫第三集，但是一直不敢有太多期待，所以出版第三集的決定下來時讓我有點慌張。不過能再次回到這部作品的世界實在讓我感慨萬千。

這次我仍然煉造了未曾經歷過的青春。我沒有跳過什麼土風舞啊！生存遊戲又是何方神聖？我們母校根本沒有男生！好想和男生一起上學喔～～……等來世吧。

第三集就是在這樣的情況下完成的。而身為作者，我認為這集很棒的是提昇了海愛的形象解析度。畢竟我也很疼愛海愛……當然我也關心阿伊、阿仁喔。

我原本擔心現在十幾歲的人會不會已經聽不懂作品中的七龍珠比喻……雖然曾因此考慮是否改用其他方案，但是在目前的流行事物中，我想不到有什麼各年齡層都能聽懂的譬喻。

再加上我認為那是經典作品，即使是年輕世代，知道的人就是知道，所以堅持採用了這種非常中高齡傾向的譬喻……抱歉了，年輕人。聽不懂？因為是少爺嘛。

本作這次也受到了負責插畫的magako老師大力襄助。小朱超像小朱的，看到角色設計圖時，我不禁又驚又喜。謝謝您每次都用如此美妙的插畫豐富了作品的世界！

松林責編，一直以來都很謝謝您。不只是感謝您幫助提昇這部作品的完成度，也謝謝您在宣傳影片等宣傳面為我設想那麼多！（還沒看過宣傳影片的讀者，請務必以「経験済み」「PV」當關鍵字搜尋一下喔！）

另外，各位還可以在目前發售中的《Dragon Magazine》九月號讀到描寫國中時代龍斗與海愛的故事的〈第零章〉，歡迎一併欣賞。

從九月三十日開始，第一集的有聲書也將上架發售！

那麼，希望我們能在第四集再見！

二〇二一年八月　長岡マキ子

「我、我喜翻妳！」「咦？稀飯泥？」
有點邊緣人氣質的高中生加島龍斗
因為一場大冒險遊戲，
向校園階級頂端人物＆他所憧憬的白河月愛告白。
兩人因月愛出乎意料的一句
「咦，反正人家現在也是單身」而開始交往。
然而龍斗尾隨被足球社帥哥告白的月愛，
偷聽他們說話，
還被才剛交往不久的月愛
理所當然似的帶進自己的房間。
無論是來往的朋友或嗜好全都不同的兩人，
每天為彼此的差異感到驚訝，並且互相接納，
逐漸開始心意相通。
讀了一定會讓人感到幸福的愛情故事，
高評價系列作陸續出版中！

或平凡無奇的每一天，
都變得令人憐愛不已。

KEIKENZUMINAKIMITOKEIKENZERO

位於戀愛光譜
NAOREGAOTSUKIAISURUHANASHI

極端的我們

作者／長岡マキ子　插畫／magako

第四集
敬請期待！

轉學後班上的清純可愛美少女，竟是小時候玩在一起的哥兒們 1~2 待續

作者：雲雀湯　插畫：シソ

無法滿足於哥兒們和兒時玩伴的身分，
想和對方靠得更近——

春希變得比以往容易親近，人氣指數直線上升；隼人也結交了男性朋友，因此兩人共度午休的機會越來越少。春希看到隼人和未萌無話不談的模樣，一股既似焦躁又像占有欲的情感在心中油然而生……春心蕩漾的青春戀愛喜劇，第二彈！

各 **NT$220/HK$73**

My Plain-looking Fiance is Secretly Sweet with Me.

冰高悠
YUU HIDAKA
插畫：たん旦
Ill.TANTAN

【好消息】
我的不起眼未婚妻在家有夠可愛。2

Kadokawa Fantastic Novels

【好消息】我的不起眼未婚妻在家有夠可愛。 1~2 待續

作者：冰高悠　插畫：たん旦

我與結花陷入了祕密即將穿幫的危機！
可愛又讓人心暖暖的戀愛喜劇第二集。

我與未婚妻結花一起度過的日子比想像中開心！時而在游泳池看她穿泳裝的模樣看得出神，時而來一場變裝約會，到了七夕更是兩人一起許下願望。然而，班上的二原同學令人意想不到地急速接近？我與結花的祕密即將穿幫！結花大膽的行為也愈演愈烈！

各 **NT$200~230/HK$67~77**

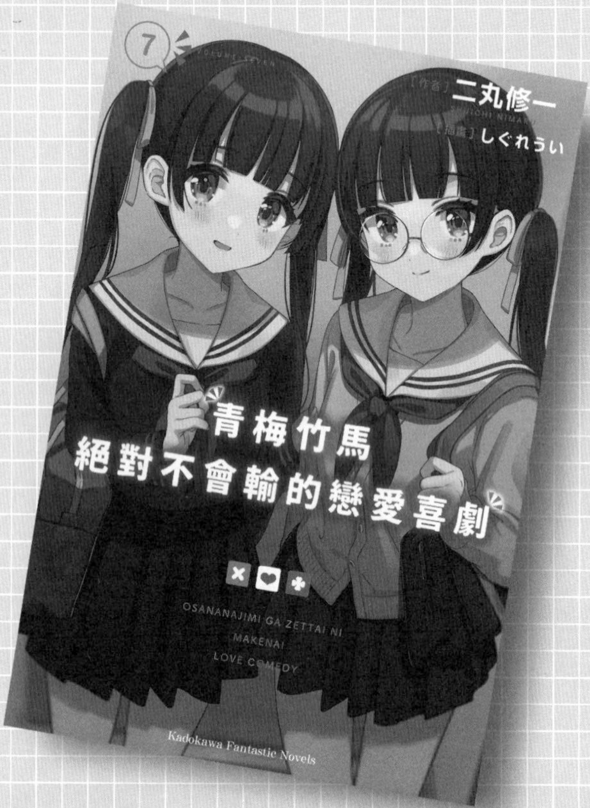

青梅竹馬絕對不會輸的戀愛喜劇 1~7 待續

作者：二丸修一　插畫：しぐれうい

這回黑羽的妹妹們也跟著參戰，
讓末晴驚慌失措的女主角爭奪賽第七局！

來自黑羽、白草與真理愛的追求攻勢逐漸加劇，新狀況就在這時突然爆發。朱音被不良學長告白，似乎還起了爭執。這樣我做大哥的一定要出面幫她！可是，穿國中制服潛入學校挺難為情耶……不過，蒼依和碧最近都怪怪的，我並沒有做什麼啊，對吧？

各 **NT$200~240/HK$67~80**

青春豬頭少年
不會夢到
正義護理師

鴨志田一
插畫●溝口ケージ

Kadokawa Fantastic Novels

青春豬頭少年不會夢到正義護理師

作者：鴨志田 一　插畫：溝口ケージ

都市傳說「＃夢見」在學生間成為話題。
郁實藉此化身為「正義使者」助人？

寫下來的夢會應驗——這個都市傳說「＃夢見」在學生們的SNS成為話題。咲太目擊郁實藉此化身為「正義使者」助人，也得知她碰上了類似騷靈的現象，而且原因好像來自以前的咲太……？開啟上鎖的過去之門，青春豬頭少年系列第十一集。

各 **NT$200~260/HK$65~80**

國家圖書館出版品預行編目資料

位於戀愛光譜極端的我們/長岡マキ子作；Shaunten 譯. -- 初版. -- 臺北市：臺灣角川股份有限公司, 2022.07-

冊；　公分. -- (Kadokawa fantastic novels)

譯自：経験済みなキミと、経験ゼロなオレが、お付き合いする話。

ISBN 978-626-321-596-2(第3冊：平裝)

861.57　　　111007259

Kadokawa
Fantastic
Novels

位於戀愛光譜極端的我們 3

（原著名：経験済みなキミと、経験ゼロなオレが、お付き合いする話。その3）

2022年7月25日　初版第1刷發行
2023年8月18日　初版第3刷發行

作　者：長岡マキ子
插　畫：magako
譯　者：Shaunten

發行人：岩崎剛人
總編輯：蔡佩芬
編　輯：孫千棻
美術設計：黃永漢
印　務：李明修（主任）、張加恩（主任）、張凱棋

發行所：台灣角川股份有限公司
地　址：104台北市中山區松江路223號3樓
電　話：（02）2515-3000
傳　真：（02）2515-0033
網　址：www.kadokawa.com.tw
劃撥帳戶：台灣角川股份有限公司
劃撥帳號：19487412
法律顧問：有澤法律事務所
製　版：尚騰印刷事業有限公司
ISBN：978-626-321-596-2